dtv
premium

Hanne Ørstavik

Als ich gerade glücklich war

Roman

Aus dem Norwegischen
von Ina Kronenberger

Deutscher Taschenbuch Verlag

Deutsche Erstausgabe
August 2002
Deutscher Taschenbuch Verlag GmbH & Co. KG,
München
www.dtv.de

Titel der norwegischen Originalausgabe:
›Like sant som jeg er virkelig‹

Umschlagkonzept: Balk & Brumshagen
Umschlaggestaltung: Stephanie Weischer
unter Verwendung einer Fotografie von
© photonica / Jed Share
Satz: Fotosatz Reinhard Amann, Aichstetten
Gesetzt aus der Sabon 11/13,5· (QuarkXPress)
Druck und Bindung: Kösel, Kempten
Gedruckt auf säurefreiem, chlorfrei gebleichtem Papier
Printed in Germany · ISBN 3-423-24304-X

Ich komm nicht raus. Mit dem Schloß scheint was nicht zu stimmen. Ich muß warten, bis Mama von der Arbeit kommt, damit sie mir hilft. Als ich mich gestern abend schlafen gelegt habe, war alles ganz normal. Es war spät gewesen, ich bin sofort eingeschlafen. Heute morgen bin ich vom Schlagen der Wohnungstür geweckt worden. Viertel nach sechs. Zuerst habe ich gedacht, daß Mama früh wach geworden ist und nur die Zeitung hereingeholt hat, aber dann habe ich nichts mehr gehört.

Ich stehe am Fenster und blicke in den Himmel. Es ist so still hier in meinem Zimmer, als wäre es gepolstert, wie ein Kokon. Ich bin feucht unter den Achseln, gelegentlich löst sich ein Tropfen und läuft nach unten. Meine Hände sind kalt und trocken. Der Himmel ist ganz klar, aber ein Wind weht, und jetzt naht eine dunkle Wolke. Vor einer Weile war ein Flugzeug zu sehen, ein kleiner Pfeil da oben, der Kondensstreifen wie ein Strich. Ich bin dagestanden und habe zugesehen, wie es verschwand.

Ich war noch ein Weilchen liegengeblieben und hatte in der Wärme unter der Decke gelächelt, aber mir war klar, daß ich nicht wieder einschlafen würde, ich war so aufgeregt, ich freute mich auf den Kaffee und alles, was dann kommen sollte. Ich kletterte vom Hochbett herunter und wollte die Tür öffnen, aber sie war verschlossen. Es dauerte eine Weile, bis ich begriff, daß ich sie nicht aufbekommen würde. Ich zog am Türgriff, so kräftig ich konnte, ohne daß er herunterfiel, denn er ist alt und nicht sehr robust. Dann wurde mir klar, daß ich hier alleine nicht rauskam, daß mir jemand helfen mußte. Ich fing an zu rufen, klopfte an die Wand zum Wohnzimmer, in dem Mama schläft, dann an die Küchenwand. Die dritte Wand geht zum Nachbarhaus, ich habe keine Ahnung, wer dort wohnt, die Wand ist dick, und ich habe noch nie etwas dahinter gehört. Dagegen klopfe ich nicht. In der vierten Wand ist das Fenster, aber ich bin nackt. Meine Kleider von gestern liegen auf der Waschmaschine im Bad, und mein Schrank steht im Flur. Auch wenn ich mich mittlerweile in das Laken gehüllt habe, werde ich abwarten, bevor ich dort etwas mache. Es wirkt lächerlich, aus dem vierten Stock etwas in einen Hinterhof im Stadtteil Frogner zu schreien. Ich habe zu Gott gebetet, daß alles gut gehen möge. Ich habe beschlossen, alles möglichst ihm zu überlassen, es in seine Hände zu legen. Mir ist, als seien meine Gedanken von weißen Flecken durchsetzt, wenn ich sie nacheinander denke, und hinterher weiß ich nicht, worüber ich nachgedacht habe, während es weiß war. Ich sollte versuchen, tief in den Bauch zu atmen, ich sollte versuchen, mich zu entspannen und die Muskeln nicht zu verkrampfen. Mir fallen ein paar Übungen ein, die wir in einem Abendkurs in Bioenergetik gelernt haben. Er war eigentlich nur für Staatsexamenskandidaten gedacht, aber ich habe mich heimlich hineingemogelt. Ich breite die Bettdecke auf dem Boden aus und lege mich auf den Rücken. Wie es wohl wäre, wenn ich nicht Psychologie studieren würde und keine

Ahnung von Extremsituationen hätte? Ich versuche, die Luft in meinem Bauch hin und her zu schieben. Ich schließe die Augen, damit ich den Körper nicht ansehen muß. Es ist wichtig, sich so zu entspannen, daß das Kreuzbein auf der Unterlage aufliegt, aber das hinzubekommen, fällt mir schwer. Außerdem bin ich ungeschickt, wenn es darum geht, mich auf körperliche Dinge zu konzentrieren. Ich glaube, mein Kopf findet es langweilig, ich denke die ganze Zeit über an alles mögliche. Es ist jetzt fast acht. Ich sehe Ivar vor mir, er steht in seiner Wohnung am offenen Fenster und raucht in der frischen Morgenluft seine erste Zigarette. Er trägt den schwarzroten Wollpullover, der an den Ärmeln ausgefranst ist, ich denke an seine Hände und den Mund um die Zigarette, seine Lippen, und dann lächelt er, ruhig und warm und glücklich lächelt er, ich spüre es überall in mir. Bald bricht er auf, geht die Treppe hinunter und aus der Tür, draußen biegt er nach rechts.

Ich denke daran, daß alles gutgehen wird. Ich werde noch rechtzeitig rauskommen. Aber gleichzeitig weiß ich irgendwie, daß es vorbei ist, daß schon alles vorbei ist und ich loslassen muß, daß ich die Hoffnung und die Träume aufgeben muß, sie vorbeitreiben lassen muß wie kleine Stöckchen in einem Fluß. Den Rucksack, die Gitarre, seine Beine auf dem Weg in den Zug zum Flughafen. Er würde sich im Zug umdrehen, und ich würde dort stehen, direkt vor ihm auf dem Bahnsteig, mit der Tasche, atemlos und glücklich. Ich werde es schaffen. Ich kann es noch schaffen, wenn ich jetzt nur hier rauskomme. Jetzt hier raus und mit der Tasche zum Nationaltheater. Er wird mich anschauen. Ich werde dort sein. Sein Blick wird so sein wie beim ersten Mal: Hallo, du. Beim Hintereingang zur Sozialwissenschaftlichen Fakultät, dort, wo man die Fahrräder abstellt. Ich erinnere mich, wie ich zusammenzuckte und innehielt. Damals war er nur der Neue aus der Cafeteria. Er sah mich an, und es war, als piekse er mir mit einem spitzen Stock in den Bauch. Er trug eine verwaschene Hose und eine kurze weiße Jacke, er hielt den linken Arm dicht vor der Brust, die Hand in der rechten Achselhöhle versteckt, und rauchte, das eine Knie gebeugt, den Fuß auf der roten Backsteinmauer. Die Stimme war viel dunkler, als ich erwartet hatte. Als ob ich vorher über seine Stimme nachgedacht hätte. Hatte ich das? Ich hatte ihn hinter der Theke gesehen, selten stand er an der Kasse, er erledigte andere Dinge, schmierte Baguettes, schnitt Tomaten, hielt sich im Hintergrund. Es scheint schon ganz lange her zu sein. Komm mit, dann geb ich dir ein Handtuch, sagte er. Er warf die Zigarette in die rote Tonne, blies den Rauch aus dem rechten Mundwinkel und hielt mir die Tür auf. Er lächelte mir noch einmal zu und ging in die Cafeteria, ich blieb vor dem Vorratsraum zurück. Ich sah, wie er durch die Schwingtüren ging, dort, wo sonst die Geschirrkörbe für die Spülmaschine hineingeschoben wurden. Meine Brille war naß vom Regen, ich setzte sie ab, dachte daran, daß ich ein wenig Papier bräuchte, um sie abzutrocknen, meine Kleider waren klatschnaß, ich war verschwitzt, der Rock tropfte und klebte an den Beinen. Alles war schiefgelaufen. Ich hatte zu Hause lernen müssen, weil Mama sich bei der Arbeit nicht freinehmen konnte, deshalb mußte ich den Klempner hereinlassen. Der war spät dran gewesen, und ich habe viel Zeit verloren, bin so schnell gefahren, wie ich nur konnte. Als ich endlich zur Uni kam und das Fahrrad abschließen wollte, hatte ich das Schloß verloren. Ich wußte, daß ich es unter den Gepäckträger geklemmt hatte, ich klemme es immer dort fest, ganz automatisch. Es mußte heruntergefallen sein. Es hatte ein wenig genieselt, als ich zu Hause losfuhr, aber als ich an der Uni ankam, goß es in Strömen. Ich hatte noch drei Minuten bis zum Beginn der Vorlesung. Ich konnte mein Fahrrad nicht zurücklassen, ohne es abzuschließen, ich konnte mir kein neues leisten, und ich wäre unfähig, mich auf die Vorlesung zu konzentrieren, weil ich ständig daran denken würde, daß das Fahrrad geklaut werden könnte. Es war wie verhext. Ich mußte zurückfahren und suchen. Ich fing an zu weinen, als ich den Blindernvei hinunterfuhr, an der Marienlyst-Schule vorbei. Das Fahrradschloß lag vor den Baracken des Norwegischen Rundfunks, eine Kette in blauem Plastik. Ich stieg ab, hob die Kette auf, hängte sie über das Lenkrad und schob das Fahrrad den ganzen Weg zurück, bergauf. Ich weinte die ganze Zeit. Ich mußte es woanders anschließen als sonst. Ich weinte noch, als ich schon in der Halle stand, vielmehr die Tränen liefen, als wären sie etwas Physiologisches, als hätte ich einen Beutel mit Wasser in der Brust. Das Gesicht war durch den Regen ohnehin schon naß, ich glaube nicht, daß er die Tränen bemerkt hat. Irgendwo an der linken Augenbraue fühlte ich einen Schmerz, an einem ganz bestimmten Punkt, ich würde zu spät zur Vorlesung kommen. Gleichzeitig hatte ich große Lust, dem Mann aus der Cafeteria nachzugehen und bei ihm zu sein. Ja, es stimmt, das wollte ich. Das wollte ich damals schon. Ich ging zu der Glaswand, hinter der die Cafeteria war. Vielleicht sollte ich ihn suchen, ihm sagen, daß ich gehen mußte.

Vielleicht hatte er mich auch vergessen, so lange, wie es dauerte, oder er stand in der Cafeteria und lachte über mich. In dem Moment kam er durch die Schwingtüren ruhig auf mich zu, in der ausgestreckten Hand hielt er ein weißes Küchenhandtuch, zusammengefaltet, sauber. Hier, sagte er. Ich bedankte mich und lächelte, er fragte, ob ich einen Kaffee wollte. Ich mußte zur Vorlesung, sie würde bestimmt noch eine Viertelstunde gehen. Ich sah auf die Uhr. Ja, mindestens. Ich blickte ihn an. In meiner Stirn pochte es. Komm mit dem Handtuch nachher vorbei, sagte er. Ja, sagte ich und nickte, vielen Dank. Er lächelte noch einmal, breit, als ob er sich amüsierte, er wirkte fast zu fröhlich, überlegte ich, ich wußte nicht, ob ich ihm trauen konnte. Ich nahm die große geschwungene Treppe hinunter zu den Toiletten, drei Stufen auf einmal, unten war zum Glück niemand zu sehen, ich stellte mich vor den großen Spiegel und betrachtete mich. Ich mußte grinsen, und mir wurde klar, warum er gelacht hatte. Die roten Haare hingen mir in dicken Strähnen ins Gesicht, die goldene Spange war verrutscht und saß so schief, daß sich die Haare in der Mitte türmten, die Schminke hatte unter den Augen schwarze Flecken hinterlassen. Ich trocknete mich mit dem Handtuch ab, schnell und kräftig, putzte mir die Nase, wischte die Augen trocken, sie tränten nicht mehr, ich putzte die Brille und lief dann rasch die Treppe hoch zum Hörsaal sieben. Vorsichtig öffnete ich die Tür und setzte mich nach hinten, nahm das Notizbuch aus dem Rucksack, es war oben an den Ecken etwas feucht geworden. Ich blickte auf den Dozenten hinunter. Er war winzigklein, wirbelte dort vorne herum, schrieb mit kratzenden Kreidestrichen etwas neben der Overheadleinwand an die Tafel, er wirkte aggressiv, er ärgerte sich bestimmt über Leute, die zu spät kamen und störten, es ging gerade um kognitive Dissonanz und die Attributionstheorie.

In der Pause blieb ich im Hörsaal und kopierte die Mitschrift einer Kommilitonin, die zusammen mit mir in der Fachschaft ist, es war eine nette Geste von ihr, wir sind über vierhundert und konkurrieren um siebenunddreißig Plätze, sie hätte es nicht tun müssen, aber sie hat es mir von sich aus angeboten. Man kann sie an einigen der Jungen erkennen, die Konkurrenz. Der starre Blick, der eine Arm über der Mitschrift. Beim Abschreiben fand ich mich hinein in den Stoff, er ging durch die Hand in den Körper, als würde ich hochgehoben, die Ruhe und Konzentration, die logische Gliederung ließen meine Stimmung wieder steigen. Dazwischen dieses Gesicht, das zum Vorschein kam und sich auflöste, zum Vorschein kam und verschwand, wie ein Pulsschlag, der Mann aus der Cafeteria, sein Lächeln, die Augen, wie ein Bild, das in meinem Blut schwamm, und jedesmal, wenn es an meinen Augen vorbeiströmte, für mich sichtbar wurde. Ich mußte darüber lächeln. Johanne, Johanne. Ich schüttelte den Kopf und versuchte es loszuwerden. Ich hatte mich wieder in die dritte Reihe gesetzt, wo ich immer saß. Ich konnte nicht aufhören zu lächeln, es war wie ein Zwang, aber ich glaube nicht, daß mir damals klar war, woher das Lächeln kam. Nach der Pause füllte sich der Hörsaal langsam, Gemurmel, Schritte und Stimmen erfüllten die Luft, legten sich über alles wie Staub. Alles kam wieder, wie die Sonne und die Wärme nach einem Sturm. Jetzt konnte der Dozent weitermachen, es war wie eine Symphonie. Ich muß in Hochstimmung gewesen sein, plötzlich froh, unendlich leicht und glücklich, mir fällt ein Lied ein, das mir durch den Kopf ging: Weißt du nicht, wie reich du bist, weil Christus der Erlöser ist, daß trotz der Sünde, deiner List, ein Platz für dich im Himmel ist?

Ich stehe wieder auf und gehe ans Fenster, mit dem Betttuch vor dem Bauch. Der Himmel ist ganz hell und weit. Die Übungen zeigen keine Wirkung. Ich verstehe die Leute nicht, die auf Körpertherapie schwören, die sich strecken und dehnen und meinen, das sei der Weg zur Erkenntnis. Letztendlich ist das Denken entscheidend, es ist der Verstand, der erkennt. Das Körperliche kann Hinweise geben, aber es ist der Verstand, der die Arbeit machen und Gedanken formulieren muß. Ich berühre die verschlissenen Fensterrahmen, die Farbe blättert ab. Ich habe Mama gesagt, daß wir etwas machen müssen, sie schleifen und streichen, aber es passiert nichts. An einigen Stellen sind Blasen, Hohlräume, kleine Wölbungen voll Luft. Wie wissen wir, wie etwas beginnt? Ich denke darüber nach, wann bestimmte Dinge in meinem Leben angefangen haben, das Studium, mein Wunsch, Psychologin zu werden, oder das mit Ivar oder meine Verbundenheit mit Gott. Es wird erst im nachhinein klar, hinterher kann ich sagen, daß dieses Buch genau zu dem Zeitpunkt wichtig war, das Licht über den Bäumen an jenem Tag, der braune Hund genau in dem Moment, das Läuten der Kirchenglocken. Eigentlich hängt alles zusammen, überlege ich, und es gibt keinen Anfang. Der Zusammenhang ist die Erbsünde. Aber wo bleibt die

Schuld? Wir können immer sagen, daß wir unschuldig sind, weil wir nicht wissen, wann etwas angefangen hat, wir können immer auf ein anderes Ereignis als Auslöser verweisen, im nachhinein: Ich war es nicht. Ich denke lieber andersherum, ich denke lieber, ich sei an allem schuld. Dadurch übernehme ich Verantwortung und erhalte die Aufgabe, mich zu verändern. Alles soll anders werden. Gleich fährt der Zug ab, ich schaffe es nicht. Ivar setzt sich ans Fenster und schaut hinaus, der Zug fährt durch die Altstadt und das Tal bei Grorud, er sieht Fretex bei der Brücke und den dunklen Bach direkt vor Bryn, er sieht die Baubaracken, Industriegebiete, Autobahnen, er sieht die Molkereigenossenschaft und die Menschen, die auf den Bahnhöfen warten, die Menschen, die in die Stadt wollen. Die Gestaltpsychologie hat mit einzelnen Lichtstrahlen ihren Anfang genommen, die eine junge Jüdin 1913 in Deutschland durch ein Zugfenster sah. Sie sah mehrere Lichtstrahlen hintereinander und bemerkte, daß sie, wenn die Lichtstrahlen in genügend kurzen Abständen kamen, es nicht schaffte, sie zu unterscheiden, sie wurden zu einem Strich in ihrem Kopf. Einem Strich aus Licht. Daraufhin stieg sie am nächsten Bahnhof aus, unruhig und bedrückt von dem Wissen, daß sie in Weimar, wohin sie eigentlich unterwegs war, dringend benötigt wurde, um einer Tante zu helfen, die verwitwet war und kaum noch gehen konnte, Schmerzen in der Hüfte hatte, eine Beckenlockerung, die nicht wegging. Was wird aus Schmerz? Hat jemand über Schmerzen geforscht, sind Schmerzen nicht eine Art Energie? Können sie wiedergewonnen werden? Können wir Schmerzen noch einmal verwenden? Ich erinnere mich, daß ich meine Gedanken am Rand notiert habe. Ich sah hoch, drehte mich auf dem Stuhl um, der Rock war immer noch ganz naß, aber die Haare waren fast trocken, ich betrachtete die anderen, die um mich herum saßen und arbeiteten. Ich erinnere mich, daß ich glücklich darüber war. Ich hatte so viel zu geben. Ich war glücklich wegen meiner Gedanken über den Schmerz. Ich hatte Lust auf einen Kaffee aus der Cafeteria, ich sah den weißen Becher mit dem braunschwarzen, glühendheißen Kaffee, ich wollte hinunter in die Cafeteria und mir einen kaufen. Ich mußte hart zu mir sein, sagte mir: Denk ans Geld, Johanne, das ist Verschwendung, wenn du eine randvolle Thermosflasche mithast, denk an die Zeit, die dabei verstreicht. Konzentration, Johanne, konzentrier dich. Jetzt. Die junge Jüdin stieg jedenfalls aus dem Zug und verschwand, sie suchte sich ein Zimmer an einer Universität, wo sie, zusammen mit drei anderen jungen jüdischen Frauen, die später alle nach Amerika gingen, eine grundlegende Theorie über die isomorphe Funktionsweise des Gehirns entwickelte, darüber, daß wir im Gehirn eine »identische Spur« von allem haben, was wir sinnlich wahrnehmen, und daß diese Spur zu Ganzheit und Harmonie tendiert. Mit anderen Worten, daß sich diese Spur selbst ergänzt, aufgibt und öffnet, wenn nur die Sinne Teile davon vermitteln. So wie Lichtstrahlen in bestimmten Intervallen zu einem Strich werden, so neigen wir dazu, in einem Ring mit einer Öffnung einen ganzen Kreis zu sehen. Es ist eigentlich gar kein Kreis, es ist ein gebogener Strich. Aber das Gehirn sagt Kreis. Wenn ich eine weiße Jacke sehe, so sagt das Gehirn Mann aus der Cafeteria. Ich mußte über mich lachen. Ich gab auf, nahm ein Zehnkronenstück aus dem Federmäppchen, hob das nasse Handtuch vom Fußboden auf, ging aus dem Lesesaal und die Treppe hinunter zur Cafeteria. Ein leichter Körper, als ob der Körper damals gar nicht existierte, wie leicht alles war.

Der Lärm in der Cafeteria war wie ein Nebel, in den man eintaucht, die Geräusche legten sich gleich einem dünnen Film um mich, weich und zart. Schließlich mußte ich das Handtuch zurückbringen, ich hatte einen Grund. Ich ging zur Theke, konnte ihn aber nirgendwo sehen. Ich überlegte, ob ich zur Schwingtür gehen und bei der Spülmaschine nachschauen sollte. Ein großer Servierwagen wurde zur Seite geschoben, und ich erhaschte einen Blick auf ihn, er stand mit dem Rücken zu mir an einer Arbeitsplatte und schnitt etwas, die Hand am Messer, den Kopf gebeugt, die Oberschenkel, alles war ganz ruhig, alles ging ganz langsam vor sich, wie in einem Film. Dann drehte er sich um, einer der anderen rief ihm etwas zu, und er drehte sich um, er ließ seinen Blick über uns schweifen, die wir an der Theke standen, er registrierte die Schlange, wie es schien, so und so lang, aha, dann ging sein Blick zurück, wanderte ein wenig umher, bevor er an mir hängenblieb. Wir sahen uns an. Er fing an zu lächeln. Er legte das Messer zur Seite und kam auf mich zu, er lächelte, er sagte etwas zu einer der Frauen, die Brötchen mit Käse auf einer Platte anrichtete, sie war hübsch, trotzdem sah er nur mich an, er nickte mit dem Kopf zu den Schwingtüren, die etwas weiter weg waren, die ganze Zeit lächelte er.

Ich habe dich jetzt im Bauch, dachte ich, du wohnst jetzt in mir, ich erinnere mich, daß ich das gedacht habe. Oder vielleicht denke ich es erst jetzt, hier und heute, aber ich habe es damals gespürt, ich mußte meine Beine anherrschen, damit sie sich in Bewegung setzten, geht jetzt, sagte ich und lächelte über sie, mir war so warm überall, ich glaube, daß mein ganzer Körper lachte.

Sieben mal siebzig Mal sollen wir verzeihen, und wer sich umdreht, wird zu Stein. Ich liege auf dem Bett, auf dem Hochbett. Ich sehe aus dem Fenster, es ist so hell, ist es um diese Tageszeit immer so hell hier? Ich kann mich nicht erinnern, daß ich schon einmal einen Vormittag im Bett verbracht habe. Außerdem liegt unsere Wohnung sehr hoch, so daß draußen fast nur Himmel ist, als wir hierherzogen, nannte Mama sie immer den Turm, als wären wir in einer Burg. Arme Mama, sie hätte ein wenig Ruhe verdient, ein bißchen Entspannung. Ich schließe die Augen. Ich sehe ein asiatisches Mädchen, sie ist ans Bett gekettet, sie ist zwölf Jahre alt. Es ist ein Eisenbett mit Stäben, vor dem Fenster ist ein Gitter. Einmal in der Stunde kommt ein dicker, verschwitzter Mann zu ihr. Er zieht sein Hemd und seine Hose aus, und dann muß sie machen, was er will. Vielleicht will er, daß sie ihn lutscht. Der kleine Mund des Mädchens spannt sich um das große Geschlecht. Ich sehe ihr kleines Loch vor mir, das Mädchen ist schmächtig, ihre Haut ist matt und golden. Er will, daß sie auf ihm sitzt, sie macht, was er sagt, sie sagt nichts, sie lächelt nicht. Sie macht nur. Macht und macht. Und dann kommt sein Samen. Und dann weint er vielleicht, es dauert nur eine Viertelstunde oder sieben Minuten oder drei. Er nimmt etwas Wasser aus einem Krug und wäscht sich, wobei er mit gespreizten Beinen über einer Waschschüssel steht, dann zieht er sich an und geht, und sie hat eine Kette am Fuß, die am Bett befestigt ist, und kann nicht weiter gehen als bis zum Fenster. Sie schaut hinaus. Auf die Straße hinunter, gleich wird sie den Mann dort unten gehen sehen, wird sehen, wie er mit einem anderen Mädchen spricht, das dort draußen arbeitet. Ein weißer Himmel und eine graue Sonne. Oder sie liegt auf dem Bett und versucht, nicht auf die Geräusche aus den anderen Zimmern zu hören, vielleicht überlegt sie, was es heute zu Mittag geben wird. Ich versuche mir vorzustellen, wie es wäre, sie zu sein. Ich stelle mir vor, daß es schlimm sein muß, nicht zu wissen, wer kommt. Ob derjenige nett ist oder gemein. Ich überlege, was die Gemeinen machen, daß sie sie schlagen und ihr Flaschen oder sonst was in den Po stecken. Ich klettere vom Hochbett herunter. Mein Rücken ist jetzt ganz in Ordnung, weich und biegsam. Vielleicht ist gar nichts passiert. Es ist Viertel nach neun, ich dusche schnell und rufe ein Taxi. Vielleicht hat sich ja nur die Tür ein bißchen verhakt, einfach so. Vielleicht habe ich mir alles auch bloß eingebildet, habe es mir nur vorgestellt und es bisher nur nicht geschafft, sie zu öffnen.

Ich knie mich hin und schaue durch das Schlüsselloch, ich kann ein bißchen was von der Küche sehen: den Herd, den Kühlschrank, eine Ecke vom Tisch und den Stuhl, Mamas Platz. Ich sehe vor mir, wie sie dort sitzt, ganz starr, als hätte jemand Aspik um sie herum gegossen, Gelatineblätter an ihr festgeklebt. Vor dem Essen faltete sie die Hände und fing an zu singen, ich fiel ein, Mama sang falsch, aber laut, als machte es ihr nichts aus, wir lächelten uns an, und dann begann die Mahlzeit. Die ganze Zeit schien es mir, als stünde Ivar neben dem Tisch und schaute mich an. Ich erzählte von dem Klempner und dem Fahrradschloß und dem Regen und daß mir ein junger Mann, der in der Cafeteria arbeitete, ein Handtuch geliehen hatte, er hieß Ivar, das war sehr fürsorglich von ihm, nicht wahr? Ich betrachtete sie, sie schien mit dem Essen beschäftigt. Er war sehr nett, sagte ich. Ich versuchte, ganz normal zu klingen. Ivar. Ich lächelte die ganze Zeit, während ich von ihm erzählte. Ich wollte nicht, daß Mama das merkte. Es gab Pastete, eines meiner Lieblingsgerichte, ich hatte sie gemacht, weil ich glücklich war, als hätte ich etwas zu feiern. Was studiert er, fragte Mama. Sie schaute ernst, runzelte die Stirn, ihre scharfe Stimme. Ich weiß nicht, ob er studiert, sagte ich, wir haben kaum miteinander gesprochen, ich habe ihm das Handtuch zurückgegeben, und dann hat jemand eine ganze Platte mit Lasagne auf den Boden fallen lassen, und er mußte hinüber und helfen. Mama sah aus dem Fenster, verrenkte den Kopf, blickte zum Himmel. Jetzt täte ein bißchen Sonne ganz gut, Johanne, ein Indian Summer, den könnten wir jetzt gut brauchen, nicht? Ich brachte es nicht über mich, ihr mehr zu erzählen, alle Details, wir hatten ja trotz allem ein wenig geredet, seine Stimme in meinem Kopf wiederholte immer wieder das gleiche; seinen Namen, die Art, wie er seinen Namen aussprach, im ländlichen Dialekt der Region Toten, weich und ungezwungen, es war, als öffnete sich alles in seiner Stimme, als wäre alles breit und gedehnt, und als ich etwas sagte von wegen, es müsse frustrierend sein, so eingesperrt in einer Küche zu arbeiten, sagte er, daß er einfach Bilder aus der Hardangervidda in seinem Inneren heraufbeschwörte, daß er viele Kilometer am Tag marschierte, sich vorstellte, er liefe über die Heide, und daß dies ein gutes Training sei für die Jagd. Ich hatte zu alledem genickt, aber erst als er anfing, breit zu grinsen, begriff ich, daß er mich aufzog. Er wohnte im Stadtteil Gamle Aker, aus seinem Fenster konnte er die Kirche sehen. Das mit der Kirche mußte ein Zeichen sein, dachte ich. Ich erzählte ihm nicht, daß ich Christin war, ich hatte Angst, das würde ihm nicht gefallen. Vergib mir, Vater, ich leugne dich. Mama sagte, sie bekäme Besuch. Sie sah aus dem Fenster, während sie redete. Ich hatte das Gefühl, daß ich sie betrog, weil ich an etwas dachte, wovon sie nichts wußte. Ich sollte es ihr erzählen, sie auf dem laufenden halten. Meine linke Augenbraue verkrampfte sich, ich mußte sie mit den Fingern kneten, Mama drehte sich zu mir und sah traurig aus, ich wollte sie trösten, sie spürte genau, daß ich ihr etwas verheimlichte, ich hatte Lust, sie fröhlich zu stimmen. Ich gehe zur Freitagsmesse, sagte ich, es dauert nicht mehr lange, bis ich gehe. Johanne, sagte sie und hielt den Kopf schief, während sie mich ansah, hast du etwas mit deinen Haaren gemacht? Nein, sagte ich, griff mir aber unweigerlich an den Kopf, die Art, wie sie es sagte, ließ mich glauben, meine Haare hätten Feuer gefangen. Die Locken sind irgendwie weg, sagte Mama. Aber nein, sagte ich, das liegt an der Spange, die hält die Haare hoch. Ich bin völlig erschöpft, sagte Mama und sah noch einmal aus dem Fenster. Sie hatte ihre Pastete aufgegessen, aber es lag noch eine Menge Salat auf ihrem Teller. Du solltest den Salat essen, Mama, sagte ich. Du bist so streng, sagte sie und nahm die Zigarettenschachtel. Ich lehnte mich auf dem Stuhl zurück und schloß die Tür zu meinem Zimmer, damit kein Rauch hineingelangte. Sie zündete sich eine Zigarette an. Wir sahen aus dem Fenster in den Hinterhof. Von meinem Platz aus kann ich die große Birke sehen. Die Blätter waren gelb und rot, wir hatten schon mehrfach Nachtfrost gehabt. Von Mamas Platz aus kann man an der grauen Mauer zum Nachbargarten den wilden Wein sehen, der sich ebenfalls allmählich rötete. Dann fiel ihr Teller auf den Boden. Überall Eisbergsalat, Tomatenstücke, Mais. Ich schaute Mama an, sie sah so klein aus, sie sah immer noch aus dem Fenster, ich glaube nicht, daß sie den Teller bemerkt hatte, daß sie gehört hatte, wie er zu Boden fiel. Was sie alles hat durchmachen müssen. Ich ging in die Hocke und fing an, alles aufzusammeln. Ich fand, daß sie bei der Arbeit freundlicher zu ihr sein könnten, damit sie mehr Energie hätte, wenn sie heimkam. Ich weiß nicht so genau, wie es bei ihr auf der Arbeit ist. Mama arbeitet im Kultusministerium, sie hat eigentlich eine Lehrerausbildung, hat sich aber in Kunstpädagogik weitergebildet und richtet ihre Arbeit sicher sehr auf die Schulen aus. Ich werde das Bad putzen, sagte ich. Beim Essen war etwas Paprika auf mein T-Shirt gekommen, deshalb mußte ich nicht länger aufpassen, ich kniete mich hin und sammelte den Salat vom Boden auf, wie klein Maiskörner doch sind! Sie antwortete nicht gleich. Dann wendete sie langsam den Kopf und sah mich an. Das, sagte sie, wäre wirklich ein Segen. Sie legte den Kopf schief. Du bist ein Engel, sagte sie ernst. Ich weiß nicht, was ich ohne dich machen würde. Sie sah mich an, lange, als ob sie angefangen hätte, an etwas anderes zu denken, und dabei vergessen hatte, die Augen mitzunehmen. Ich lächelte. Sie hat recht, dachte ich, wir gehören zusammen, wie zwei Hände, die ineinandergefaltet sind. Ich stand auf, warf die Essensreste weg und fing an, den Tisch abzuräumen, die Teller kurz abzuspülen, das Geschirr in die Spülschüssel zu stellen, ich öffnete die Schranktür unter der Spüle und nahm den Putzeimer, den Lappen und das Scheuermittel heraus. Ich ging ins Bad, ich hörte nicht, wie sie aufstand, sie muß vergessen haben, die Hausschuhe anzuziehen.

Jetzt steht Ivar mit Gitarre und Rucksack auf dem Flughafen Gardermoen, ich sehe ihn vor mir, wie er vor den großen Fenstern steht und die Flugzeuge beobachtet, wenn sie abheben, er schaut auf die Uhr, dann dreht er sich um und lehnt sich mit dem Rücken an einen Pfeiler, er hält Ausschau zwischen all den Menschen, die vom Bahnsteig die Rolltreppen hoch zum Flughafen strömen und durch die Schwingtüren kommen, er hält Ausschau nach mir.

An dem kleinen schwarzen Brett neben dem Klo hängt ein Spruch: Die Frau, die das stärkste Verlangen hat, befreit zu werden, ist die Frau, die jeder Mann in seiner Seele gefangen hält. Dort hängt auch ein Gedicht, ein Gedicht, das ich abgeschrieben und aufgehängt habe, es beginnt mit: Liebe selbst, liebe dich hindurch. Ich glaube, so ist es hier auf der Welt. Ich kann nicht darauf warten, daß jemand kommt und mich mit den schönen Gefühlen erfüllt, die ich brauche. Ich bin für mich verantwortlich, ich muß diejenige sein, die zuerst gibt. Ich dachte an Ivar. Wenn ich jetzt daran denke, sehe ich, wieviel Energie ich hatte, wie glücklich ich war! Ich dankte dem Vater, danke, dir Quell der Liebe. All das Gute, das mir plötzlich widerfuhr, das plötzlich in mein Leben strömte. Das ließ mich den Refrain eines alten christlichen Lieds summen: Niemals allein, niemals allein, niemals allein, mit der Hoffnung in dir. Ich öffnete den Mund und sang es mehrere Male. Es war viel zu lange her, daß ich das Bad geputzt hatte, ich mußte mit dem Lappen kräftig schrubben, um den klebrigen Staub loszubekommen, der sich in der Ecke hinter dem Klo festgesetzt hatte.

Ich kam aus dem Bad, ich schwitzte am Kopf unter der dicken Mähne. Mama saß im Wohnzimmer in ihrem mit Seide gefütterten chinesischen Morgenmantel und feilte die harte Haut über den Zehennägeln, wobei sie I just called to say I love you von diesem blinden Schwarzen hörte, dessen Namen ich vergessen habe. Sie sah mich nicht an. Ich stellte den blauen Eimer zurück unter die Spüle, dann ging ich in mein Zimmer und schloß die Tür.

Ich liege mit der Bibel auf dem Hochbett, ich habe sie immer neben dem Kopfkissen liegen, so kann sie mich nachts beschützen, wenn es dunkel ist. Ich bete dafür, daß Gott zu mir spricht. Ich brauche keinen Trost, Vater, ich brauche keine Hoffnung. Gib mir Ruhe, Vater. Die Ruhe, abwarten zu können, Durchhaltevermögen. Ich schlage mit geschlossenen Augen die Schrift auf, dann öffne ich die Augen und lese, Psalm 77: Ich rufe zu Gott und schreie um Hilfe, zu Gott rufe ich, und er erhört mich. In der Zeit meiner Not suche ich den Herrn; meine Hand ist des Nachts ausgereckt und läßt nicht ab.

Dies hier ist mein Zimmer, hier befinde ich mich, in einem kleinen Würfel: sechs Quadratmeter Bodenfläche, dreieinhalb Meter hoch. Einundzwanzig Kubikmeter. Unter dem Hochbett stehen zwei Sessel vom Flohmarkt und ein kleiner, runder Tisch aus hellem Holz. Auf dem Tisch liegen ein paar Bücher, Romane, daneben steht eine Kerze in einem kaputten Ständer. Auf dem Boden liegt ein gestreifter Teppich. Alles ist in verschiedenen Blautönen gehalten. Gegenüber steht der Schreibtisch, eine Kiefernplatte mit IkeaBeinen, und mein PC, ein altes Modell, das ich von einem Kommilitonen aus der Fachschaft günstig bekommen habe. Auf dem Regal über dem Schreibtisch liegen Zeichensachen und ein Pinsel aus Marderhaar für Aquarelle. Links, gegenüber vom Hochbett, ist das Fenster. Es ist groß, es füllt fast die ganze Wand aus. Ich schaue hinunter in den Hinterhof. Ich kann mich nicht entscheiden, ob ich Blau oder Grau lieber mag. Grau hat so etwas Ruhiges, Genügsames. Das gefällt mir. Es nimmt alle anderen Farben in sich auf, stellt sich neben sie, ist loyal. Blau dagegen, ein wirklich feuriges Ultramarin, ist einfach nur da und vibriert und ist ganz bei sich, es bittet nicht um Entschuldigung.

Es war noch zu früh, um zur Messe zu gehen, deshalb

setzte ich mich an den Schreibtisch und suchte nach Grautönen im Hinterhof. Farbnuancen erkennen ist Übungssache. Das Blaugrau an der Wand gegenüber, das ein wenig weißere Grau etwas weiter weg an der angrenzenden schrägen Mauer, und das Lilagrau unten hinter den Mülltonnen aus graugrünem Plastik mit grauschwarzem Dekkel. Ich schob den PC an die Wand, legte die Tastatur obendrauf und holte den Malkasten hervor, Papier, einen alten Becher mit Wasser. Ich mischte Farben in den kleinen eierförmigen Vertiefungen des Plastikdeckels. Ich habe keine großen Ambitionen beim Malen, will es nur genießen, es ist eine Art Meditation.

Oh, wie hübsch, sagte Mama, sie stand plötzlich hinter mir auf der Schwelle. Sie trug neue Sachen, sie waren grau, Tights, eine grauschwarze Bluse, meinen fast blaulila Schal eng um den Hals geschlungen. In der Hand hielt sie ein Buch, das sie gerade las, sie benutzte ihren Zeigefinger als Lesezeichen, es war ein Buch über die Pioniere der Gestaltpsychologie, das ich aus der sozialwissenschaftlichen Bibliothek geliehen hatte, sie mußte es in meiner Tasche gefunden haben, sie lehnte sich an den Türrahmen und wollte mir ein Zitat vorlesen. Ich hörte nicht zu, ich sah, daß sich die Farben auf dem Blatt gerade vermischten, die Ränder flossen ineinander, ich beschloß zu warten, bis sie getrocknet waren, um sie später mit Bleistift nachzuziehen. Blücher, dachte ich, ich sah eine gewaltige Explosion vor mir, in Mamas Haaren brannte es, wie der brennende Dornbusch, vielleicht ist Mama mein Busch, dachte ich, ist sie diejenige, die mir die Botschaft bringt, die ich hören soll. Ich hörte ein anhaltendes Geräusch, ein Summen, es klingelte an der Tür. Svenn, sagte Mama ernst und sah mich bedeutungsvoll an. Svenn ist Mamas Freund. Die beiden ziehen gemeinsam los, zu Aussichtspunkten, in Ausstellungen, Konzerte und Parks. Mama öffnete die Tür. Plötzlich überkam es mich wieder, und ich fing an zu weinen, kein Zucken, nur Tränen. Wasser, dachte ich, es ist ja nur Salzwasser, es tropfte auf das Blatt und bildete kleine, ganz kleine weiße Sonnen, das Salz wirkt sich ganz offensichtlich auf die Farben aus, es verwischt sie. Mir war nicht ganz klar, was eigentlich in mir vorging. Dann ging es vorbei, wie ein Regenschauer, der vorüberzieht.

Ich sah mir die Farben an, die ich gemischt hatte, ich versuche immer, eine Skala auszuwählen, viele Farben aus der gleichen Skala zu haben und sie dann miteinander zu kombinieren, sie mit einer anderen Farbe zu brechen, etwas Unerwartetes zu erhalten. Dann standen sie in der Tür, alle beide, Mama und Svenn, sie lächelten mich an, die beiden hatten es geschafft, dachte ich, die beiden hatten sich gefunden, jemanden, dem sie zum Verwechseln ähnlich sahen. Das ließ mich an Sparrs Spiraltheorie der Persönlichkeitsentwicklung denken, die besagt, daß wir mit Anlagen oder Neigungen geboren werden, die bewirken, daß wir uns gewisse Stimuli suchen, die uns weiterbringen und die die Anlage verstärken, die uns ursprünglich dazu veranlaßt hat, die Stimuli zu suchen. Sparr untersuchte ITRA, identical twins raised apart, die sich im Erwachsenenalter wiedertrafen und darüber schockiert waren, daß der andere genau die gleichen Entscheidungen getroffen hatte wie sie selbst, es konnte vorkommen, daß beide sechs silberne Ringe am linken Ringfinger trugen, den gleichen Schnurrbart hatten, an der gleichen Stelle eine tätowierte Rose, daß beide die gleichen Filme mochten, im Chinarestaurant das gleiche Gericht bestellten. Svenn strich Mama über den Rücken, während er von einer Ausstellung erzählte, die ich mir unbedingt ansehen müßte, wo ich doch so viel malte. Er war schon einmal dagewesen und war jetzt gekommen, um Mama zu fragen, ob sie ihn in die Ausstellung begleiten wollte. Ich war froh für Mama, daß sie ihn hatte, überlegte ich, ich glaube, er ist nett. Vorsichtig und liebevoll. Er ist verheiratet und hat vier Kinder, deshalb treffen sie sich nur ab und zu. Ich habe im Neuen Testament gelesen, daß beide erlöst werden, wenn der eine glaubt, daß der Glaube des einen auch den anderen retten würde. Das ließ mich wieder an Ivar denken, ich wollte ihn retten, ich sah uns an Bord eines sinkenden Schiffes, ich streckte aus dem Rettungsboot, in dem ich saß, die Hand aus, und er bekam sie gerade noch rechtzeitig zu fassen. Ich mußte mir auf die Hand schlagen, hart. Geschieht dir recht, Johanne. Was für idiotische Phantasien. Mama und Svenn waren ins Wohnzimmer gegangen und hatten die Tür zugemacht.

Ich hörte Mamas Schuhe klacken, Svenn geht immer auf Socken, leise. Ich ging hinter ihnen her auf den Flur und sah auf das Regal am Spiegel. Dort lag ein Umschlag. Ich sah hinein, ein Hunderter. Ich fing an, mich anzuziehen. Der Umschlag mit Geld war ein verabredetes Zeichen, das notwendig ist, weil wir so eng zusammenleben. Es bedeutete, daß ich mich einige Zeit fernhalten sollte, das Geld war dafür gedacht, daß ich mich in ein Café setzen konnte und nicht draußen herumlaufen mußte. Hundert Kronen. Ich fragte mich, warum es so viel war. Das war lieb von ihr. Ich hatte Lust, die Tür aufzumachen und zu sagen, daß sie nicht so lieb zu sein brauchte. Aber ich brauchte das Geld, deshalb unterließ ich es. Du bist käuflich, Johanne. Prinzipienlos. Unmoralisch. Ja, ja. Ich steckte das Geld in die Innentasche. Ich beschloß, einen Spaziergang zu machen, bevor ich ins Zentrum ging, zur Studentengemeinde.

Im Hinterhof saß die Nachbarskatze. Sie ließ mich an Harlows Affenversuche denken, ich überlegte, daß der Versuch mit Katzen nicht möglich gewesen wäre, Katzen scheinen keinerlei Nähe- oder Kommunikationsbedürfnis zu haben. Mit Hunden verhält es sich anders, dachte ich. Ich trat aus der Haustür und ging über die Straße, den Weg hinauf, der steil nach oben führte, ganz oben steht ein großes Haus mit Garten, und von dort konnte ich direkt in unsere Wohnung schauen, das Zimmer sehen, in dem Mama schläft. Aber es war ziemlich weit weg, alles war viel zu klein, um etwas erkennen zu können. Ich blieb ein wenig in dem nassen Gras stehen, es mußte wieder geregnet haben, unter dem großen Baum roch es nach irgendwas, ich weiß nicht wonach. Süß und modrig. Ich sah, wie Svenn durch das Zimmer ging, er war nackt, neben der Tür bückte er sich, als würde er etwas aufheben, bevor er wieder ins Bett ging.

Der Gehweg war naß, ich überquerte den Riddervoldsplass und mußte mich vorsehen, eine Menge Blätter waren von den Bäumen gefallen und nach dem Regen jetzt ganz glitschig. Ich erinnere mich gut an die Blätter, besonders an ihre goldene Farbe, und wie sie vermoderten und daß ich an Ivar dachte, daran, daß ich dafür sorgen mußte, ihn nicht zu dicht an mich heranzulassen, ich hatte einen Plan, den ich nicht aus den Augen verlieren durfte. Das Staatsexamen, während des Studiums bei Mama wohnen, damit ich keinen Studienkredit aufnehmen mußte, und dann das Haus, das Haus, von dem Mama sagte, daß sie es auf Großmutters Grundstück bauen wollte, damit sie, mein Bruder und ich dort wohnen könnten. Dann würde ich es schaffen. Wenn ich mich an den Plan hielt, würde ich es schaffen. Ich trat auf etwas Glattes und wäre um ein Haar gefallen, meine Schuhsohlen waren abgelaufen, ich spürte einen Stoß im Rücken, er begann, sich zusammenzuziehen. Als ich zur Universitetsgate kam, hielt ich mich auf der Straßenseite zum Juristenpark, ich lief unter den großen Bäumen, hielt mich fern von den Schaufenstern der Buchhandlungen, ich wollte zur Messe, ich mußte den Kopf freihalten. Ich versuchte, mich in einen Zustand der Offenheit zu versetzen, empfindsam und konzentriert zu sein, ich legte den Kopf nach hinten und sah in den Himmel, stellte mir die Aufgabe, eine Sonne zu sehen.

Karin stand zusammen mit den Rauchern auf dem Treppenabsatz, ich sah sie, als ich um die große Treppe bog, sie lächelte, sie hatte ihre Haare abrasiert, ihr Lächeln wirkte dadurch größer, die Grübchen deutlicher. Sie diskutierte mit einem der Männer, einem der anderen Theologiestudenten, er war schwarz gekleidet, hatte lange dunkle, lockige Haare und trug einen langen dunklen Mantel. In seiner Manteltasche steckte eine abgegriffene, in Leder gebundene Bibel, sie schaute heraus. Ich stellte fest, daß es mir gefiel, Karin so zu sehen, sie anzuschauen, ohne daß sie es wußte. Er sah mich kommen, ich kannte ihn kaum, und er sagte ihr, daß ich kam, sie lächelte ihn noch einmal an, streckte sich ihm mit ihrem Lächeln entgegen, bevor sie sich zu mir umdrehte, auf mich zukam und mich umarmte, die Arme ganz um mich schlang. Komm mit, du mußt mir in dieser hoffnungslosen Diskussion helfen, sagte sie, es geht wieder um Pfarrerinnen. Wir gingen zusammen zu ihm, Karin hatte ihren Arm um meine Taille gelegt. Wir lächelten uns zur Begrüßung zu. Woher wissen wir, daß Gott ein Mann ist, sagte ich. Es gibt ein paar grundlegende Prämissen, die einfach als gegeben hingenommen werden, gibt es bei euch in der Theologie keine Tradition von fundamentalkritischer Reflexion? Er sah mich an und lächelte ein wenig, er wirkte entmutigt und glücklich. Karin hatte rote Wangen, ihre blauen Augen glänzten, das Weiße war ganz weiß. Es kamen noch mehr Leute, die ich kannte, wir lächelten und umarmten uns. Lachten. Die Leute drängten allmählich in den Gottesdienst. Karin und ich schlossen uns an, wir kamen als letzte, nahmen die Liturgie und das Gesangbuch und setzten uns ganz hinten auf die knarrenden Stühle. Wir saßen im Eckzimmer. Auf dem Altar lag ein weißes Tuch, darüber ein roter Läufer. Der Altar stand am Fenster in der Ecke, die Kerzen brannten, brennende Teelichte waren in den Fensterrahmen aufgestellt. Durch das Fenster hinter dem Altar war die Nationalgalerie zu sehen. Manchmal, wenn viele kamen, stand das Fenster offen. Dann hörten wir die Autos und das Piepen der Ampel in der Universitetsgate, wenn sie Grün zeigte.

Einer der Studenten spielte das Präludium auf dem Klavier, es war still geworden im Raum, bevor er anfing, und er begann mit einem Ton, wiederholte immer wieder den gleichen Ton, dann ging es höher hinauf, immer höher. Als ob er mit den Tönen etwas ganz oben zu erreichen suchte. Als ob die Musik Licht wäre. Ich versuchte mich zu konzentrieren, ganz dabei zu sein. Vater, dachte ich. Vater. Ich versuchte Gott als das Licht zu sehen, das ich in der Musik hörte. Wo ist Gott, dachte ich, wenn nicht hier. Dann überlegte ich, daß es andersherum war, daß ich nicht suchen sollte, daß es nicht darum ging zu finden, sondern zu sein, offen zu sein, dann käme Gott zu mir. Einfach nur sein, dachte ich. Jetzt. Hier. Es überkam mich wieder. Dieses Mal war es einfach schön, es kamen keine Tränen, nur Trauer, totale Stille oder Leere, eine Art sanfter Segen. Ich gab nichts bei der Kollekte. Ich hatte hundert Kronen in der Tasche, aber ich gab nichts.

Es ist meine Schuld. Oder vielleicht ist es die Strafe für Hurerei, Gott will mich zu Hause halten. Ich sollte eigentlich toben, ich sollte die Scheiben zerschlagen und noch fester gegen die Wände hämmern, das tun sie im Film, sie reagieren sich ab, lassen es raus. Ich weiß nicht, warum ich es nicht tue. Vielleicht bin ich aggressionsgehemmt. Vielleicht bin ich auch zu klug, ich habe Verständnis für alle Seiten, und dann wird Wut zu etwas Überflüssigem. Sie wird ungerecht und kindisch, egozentrisch.

Karin sah vom Tisch auf und lächelte mich an, sie hatte etwas Sahne auf der Oberlippe. Wir hatten uns nach der Messe vor dem Abendessen gedrückt und uns ins Café gesetzt, das war nicht nett von uns, denn wir waren als die heiteren und starken Mädchen, die wir waren, für das soziale Leben da unten mitverantwortlich. Ich fühlte mich schäbig, ein bißchen gemein. Wir bezahlten unseren Kakao getrennt, ich hätte Karin einladen sollen, aber ich tat es nicht. Johanne denkt nur an sich. Karin strich sich über die weichen Haarstoppeln am Hinterkopf, zog an den Ohrringen im rechten Ohrläppchen und lächelte, als sie von dem Pfarrvikariat erzählte, das sie im Sommer in der Nähe von Trondheim machen wollte. Ich sah sie vor mir, im Talar mit rasiertem Kopf. Das wird die Menschen schokkieren. Sie sagte, ich müsse sie besuchen kommen. Ich sagte, Mama und ich hätten geplant, nach England zu fahren. Deine Mutter ist so nett, sagte sie. Ich sagte, es sei merkwürdig, wie gut das Zusammenwohnen mit ihr klappte, wie eine Wohngemeinschaft, Mama sei meine beste Freundin. Außer dir, sagte ich und lächelte, hielt den Kopf schief. Wir schwiegen eine Weile, sahen einander freundlich an, liebevoll. Die Musik, jetzt höre ich in meinem Kopf die melodiöse Instrumentalmusik aus dem Café, sie läßt mich glauben, daß es schon lange her ist, viele Jahre, obwohl wir erst vor zwei Wochen dort saßen. My song. Ich fragte sie nach dem Jungen, mit dem sie geredet hatte, als ich kam. Sie erzählte von einer Vorlesung, in der er plötzlich aufgestanden sei und voller Wut etwas gesagt habe, bevor er den Saal verließ. Wir lachten über die jungen Männer, die sich selbst so ernst nehmen. Sie ist verliebt, dachte ich. Ich merkte, daß ich sie gern hatte, ich war glücklich darüber, mit ihr hier sitzen zu dürfen, genauso wie ich damals glücklich war, als wir zusammen auf dem Boden der Studentengemeinde knieten und das Abendmahl empfingen, ihr Oberarm dicht an meinem, ich sah einen Augenblick lang genau auf ihr linkes Ohr, es glänzte phantastisch. Du wirst gut aussehen im Talar, sagte ich zu ihr und lächelte. Sie sagte, sie freue sich darauf, auf das Feierliche daran, wenn man die Zeremonie leitet. Ein Fest für Gott. Nach dem Postludium neben dem Altar zu stehen, die Arme auszustrecken und sagen zu können: Gehet hin in Frieden und dienet dem Herrn mit Freuden.

Wollen wir einen Spaziergang machen, fragte ich. Wenn ich jetzt darüber nachdenke, war es, als hätte ich einen Motor in meinem Körper gehabt, den jemand angestellt hatte und der unentwegt lief, ohne daß ich darüber bestimmen konnte. Karin kam mit, sie stand auf und fing an, über das viele Stillsitzen im Leben eines Studenten zu reden, den schlechten Rücken, die Übungen, die sie machen mußte. Ich wußte, wohin es gehen sollte. Natürlich. Ich stand ebenfalls langsam auf und suchte meine Sachen zusammen. Ich mußte mit geradem Rücken in die Knie gehen, um meine Tasche vom Fußboden aufzuheben. Es war mild draußen, feucht und lau, zum Glück war es nicht kalt, so hatte ich ein etwas weniger schlechtes Gewissen dafür, daß ich Karin zu einem Abendspaziergang überredete, dessen Beweggrund sie nicht ahnte. Wir gingen in Richtung Bislett, ich wollte hoch zur höchsten Stelle der Anhöhe St. Hanshaugen, um von dort über die Stadt zu blicken, ganz oben bei Gott sein, bevor wir hinuntergingen nach Gamle Aker, vielleicht würde es uns Glück bringen, Erfolg und Segen, vielleicht würden wir ihn aus diesem Grund treffen. Das ist ganz ungewöhnlich für dich, Johanne, sagte Karin und lachte, wo du doch sonst um fünf nach zehn schon schläfst. Ich lächelte sie nur an. Es gibt so vieles, was du nicht weißt, Karin, dachte ich. Es gibt so vieles, was ich nicht erzählen kann. Es würde kaputtgehen, platzen, sich auflösen. Die ganze Kraft verlieren. Platt und alltäglich werden, reduziert auf etwas, worüber man mit einer Freundin spricht. Für mich ist es das ganze Leben. Alles, was ich habe. Was ich nicht erzähle, kann nicht zerstört werden, es ist daher besser, wenn ich es für mich behalte.

Ich betrachtete Karin, wir gingen die Treppen hinauf zum Wasserbecken am höchsten Punkt des Parks, plötzlich fingen wir an, um die Wette zu laufen. Der Atem in der Brust, die enge Röhre, der Mund. Es rasselte im Hals, deine Kondition, Johanne, dachte ich, und mir fiel ein, daß ich von einer Bestrafungsform für Frauen gehört hatte, die man mit einem Spezialkondom aus Sandpapier vergewaltigte. Karin gewann. Wir sahen uns an und lachten. Sie war so kräftig, hielt den Rücken gerade und den Kopf hoch, hatte eine reine, schöne Gesichtshaut. Wir waren oben, vor uns lag das Becken mit den Kinderzeichnungen auf dem Grund. Wir drehten uns gleichzeitig um und genossen die Aussicht. Karin nahm meine Hand, gemeinsam schwebten wir über der Stadt. Anschließend gingen wir nach Gamle

Aker. Keine von uns sagte ein Wort, Karin wirkte fast ein wenig beklommen.

Ich sah in alle Querstraßen, an denen wir vorbeikamen. Nirgendwo waren Menschen unterwegs. Wir kamen zur Kirche, sie war schwach beleuchtet, Karin erzählte von einer Sache, die am Institut vorgefallen war und die sie ungerecht fand, ich konnte nicht ganz folgen, ich stand mit dem Rücken zur Kirche und betrachtete alle Wohnblocks, von denen aus man Blick auf die Kirche hatte. Aus einem Fenster rief jemand etwas nach unten, ich zuckte zusammen, es war ein Mann. Karin wollte sich im Friedhof auf eine der Bänke an der Mauer setzen. Ich hörte Schritte auf dem schmalen Kiesweg hinter uns, ich drehte mich um. Er war es. Ivar. In der einen Hand hatte er eine Gitarre, in der anderen eine große Tasche. Plötzlich überfiel mich die Angst, er würde umziehen wollen, er würde einfach weggehen. Ich würde ihn nie wiedersehen. Ich konnte an nichts anderes denken. Karin redete weiter. Johanne, sagte sie und zog mich am Arm. Ich sah nur Ivar. Er hatte nach unten geschaut, aber jetzt blickte er hoch und sah mich an, er sah mich an, nur mich, er kam näher und kam ganz nah an uns heran, das mußte er auch, wenn er vorbeigehen wollte, er blieb stehen. Ich sagte hei, meine Stimme war viel zu hell und heiser, er sagte ebenfalls hei, die Stimme war noch dunkler und wärmer, als ich sie in Erinnerung hatte.

Ich wollte, daß Karin meinen Arm losließ und daß er mit mir weiterging, daß nur wir zwei zusammen weiterliefen. In eine fremde Wohnung, er würde mein Gesicht in seine Hände nehmen und mich ansehen, mich mit seinen liebevollen Augen anschauen und sagen, daß er mich liebt, daß wir zusammengehörten, daß er nur auf ein solches

Mädchen gewartet hatte, daß er ein solches Mädchen vermißt hatte, daß ich diejenige sei. Daß er auf mich aufpassen würde, und wir würden alle Türen verschließen und die ganze Nacht über reden, er würde mein Gesicht in seinen Händen halten, so sah ich es vor mir, als würde mein restlicher Körper verschwinden, so würde er mich lieben, meine Augen lieben, meinen Kopf, mich.

Niemand würde wissen, wo ich war, er würde mich schlagen, mich auf die Wange schlagen, auf die Arme, ich würde sofort blaue Flecken bekommen, er würde mich eine Fotzenschleckerin nennen, weil er mich mit einem anderen Mädchen gesehen hatte, er würde mich zum Weinen bringen, ich würde in einer Ecke zusammensinken, bevor er anfinge, sich an mir zu vergnügen und meinen Körper zu benutzen. Rotes Plüschsofa und harte Musik, Rock, viele Bässe, so laut, daß niemand die Schläge hörte, meine Rufe, den Knall. Für kurze Zeit war es ganz still. Es kam mir lange vor, zäh. Dann lächelte er, runzelte die Stirn, als ob er über etwas nachdachte, als ob er etwas sagen wollte, und setzte sich wieder in Bewegung. Warum lief er einfach weiter? Bedeutete ich ihm nichts? Zwei Autos fuhren direkt hintereinander an uns vorbei, die Scheinwerfer trafen uns mitten ins Gesicht, Karin sah völlig aufgelöst aus, hochrot. Ivar war weg. Plötzlich hörte ich den Verkehr, das Summen der Stadt, wir befanden uns in einer Maschine. Karin sah mich ganz seltsam an, ich hatte den Eindruck, sie mache mir Vorwürfe. Ich dachte darüber nach, was ich antworten würde, wenn sie diese Vorwürfe vorbrächte. Daß ich sie betrügen würde, sie außen vor hielte. Der Rücken war so steif, daß es beim Gehen schmerzte, es war eine Qual, die Knie anzuheben. Wir gingen zum Ullevålsvei. Die ganze Zeit über hatte ich den Drang, mich umzudrehen und ihm nachzugehen. Ich war sicher, er würde mich verstehen. Es schien, als würden diese Augen alles mögliche verstehen, als verstünden sie mich ganz und als wäre es mir damals schon klar gewesen. Wie Jesus: Steh auf und folge mir, Johanne. Karins Blick war hart, wie Hohn. Wer war das, fragte sie. Wer war das, wer war das? Als wäre er ganz furchtbar. Nicht alle Männer schlagen, wollte ich sagen. Er arbeitet in der Cafeteria bei den Sozialwissenschaften, sagte ich, er heißt Ivar, aber ich kenne ihn kaum, ich habe nur heute morgen kurz mit ihm gesprochen, er arbeitet dort seit Semesterbeginn. Ich erzählte ihr von dem Handtuch. Ich hoffte, sie würde verstehen, was für eine großartige Geschichte ich ihr erzählte, sie würde die kleinen verborgenen Winkel und Geheimnisse sehen, all die Nuancen und Details, all das würde durch meine Stimme zum Ausdruck kommen und sichtbar werden, Wirklichkeit werden. Die Geschichte von der Begegnung zwischen Ivar und mir glich einem verschlungenen Waldweg, der sich unter schattigen Bäumen verlor, auf dem es nach wilden Blumen duftete und wo niemand wußte, was hinter der nächsten Kurve wartete.

Ich glaube, Karin begriff nicht, daß es mit Ivar etwas Besonderes auf sich hatte. Sie sagte jedenfalls nichts dazu. Er war wohl nicht gut genug für sie. Ein Mitarbeiter der Cafeteria, das war für sie wahrscheinlich indiskutabel, sie verliebte sich nur in Akademiker, meist affektierte Theologiestudenten, einmal erst in einen Physiker, einen Stipendiaten. Sie fragte, ob ich sie zur Bahn begleiten würde. Das sollte ich eigentlich tun, nachdem sie den Spaziergang mit mir gemacht hatte, das schuldete ich ihr, aber die Begegnung mit Ivar machte mich rücksichtslos, ich wollte allein sein mit meiner Sehnsucht, ich sagte, ich sei müde, ich wolle schnell nach Hause, schlafen. Wir verabschiedeten uns an der nächsten Straßenecke: Geh in Frieden. Umarmten uns, lächelten und winkten. Ich drehte mich um und nahm den Gehweg am Schloßpark, unter den großen Bäumen. Ich stellte fest, daß ich mich im Grunde ganz wohl fühlte, allein. Mir ging es gut. Es war einige Zeit her, daß es geregnet hatte, das Wasser hatte dunkle Flecken auf dem Asphalt hinterlassen, ein ungleichmäßiges Muster, an einigen Stellen spiegelten sich die Straßenlaternen in einer Pfütze, Ivars Auge, ich blinzelte zurück.

Ivar. Jetzt steht er an der Kaffeebar und wartet, auf den Anzeigetafeln erscheint »Boarding«. Die Stewardessen halten zum letzten Mal den roten Lippenstiftmund an das Mikrofon, und es hallt durch die riesige Halle, er läuft mit großen, federnden Schritten über Fliesen und Parkett. »Boarding« blinkt es auf der Anzeigetafel, siehst du die Anzeigetafel, Ivar, denkst du daran, daß dir die Buchstaben darauf im gleichen Takt entgegenschlagen wie mein Herz?

Es gibt ein Lied, das ich mir ausgedacht habe, als ich klein war und im Dunkeln Angst hatte, ich habe es immer auf dem Nachhauseweg gesungen, habe die Fenster gezählt, an denen ich vorbeikam, bis das Lied zu Ende war, und dann habe ich wieder von vorn angefangen. Ich wollte nicht, daß das Lied aufhört, das Lied sollte eine Kugel sein, ganz rund, denn so lange ich in ihr war, war ich sicher. Ich knie mich vor den Sessel und mache den Rücken rund, so gut ich kann, neige den Kopf und falte die Hände. Dann singe ich mehrmals hintereinander mein Lied, immer wieder von vorn.

Es war dunkel und still in der Wohnung, als ich die Tür aufschloß. Es roch nach Weihrauch und etwas anderem, etwas Süßem, Fremdartigem. Es war erst elf oder vielleicht halb zwölf. Ich fragte mich, ob Mama mit Svenn ausgegangen war. Ich ging durch das Wohnzimmer und den Vorhang in den Raum dahinter, der ihr Zimmer war, und sah zu dem großen Bett an der Wand, die Decke lag zerknüllt auf dem Bett, es war unmöglich zu erkennen, ob jemand darunterlag. Mama, sagte ich leise. Keine Antwort. Ich wiederholte es noch einmal. Die Bettdecke bewegte sich, ich hörte Laute von der Wand, dann wurde die Decke mit einem Mal zurückgeschlagen, und Mama setzte sich auf, als hätte sie ganz laut ein Martinshorn gehört. Sie rieb sich die Augen. Sie hatte das rosa Nachthemd an. Wie spät ist es, fragte sie. So gegen elf, sagte ich. Sie drehte sich zum Regal an der Wand und knipste die kleine Lampe an, setzte ihre Brille auf, warf einen Blick auf die Uhr, nahm ein Buch und schob sich die Kissen im Rücken zurecht. Sie sah mich noch einmal über die Brille hinweg an, als ob sie sehen wollte, ob ich noch mehr zu sagen hätte, und schlug dann das Buch auf. Ich sah, daß sie halb durch war, es war ein schwedisches Taschenbuch, Göran Tunström vielleicht, dachte ich. Ich drehte mich um und ging ins Bad, setzte mich aufs Klo und schloß die Augen. Wenn es spät ist, versuche ich mir immer vorzustellen, daß ich schon schlafe. Ich dachte an die optischen Experimente, die an Katzenjungen durchgeführt worden waren, man hielt die Kätzchen in einer Umgebung, in der sie in den ersten Monaten nur horizontale Linien zu sehen bekamen, so daß sich die Fähigkeit, vertikale Linien zu sehen, bei den jungen Tieren nicht normal entwickelte. Die Hypothese war, daß das Fehlen visueller Erfahrungen in den entscheidenden Entwicklungsstadien eine Verbindung zwischen Auge und Gehirn blockierte, auch wenn das genetische Potential für die Verbindung vorhanden war. Ich öffnete die Augen und sah den kleinen Teppich, die blauen Badezimmerwände, den schwarzweiß gestreiften Duschvorhang. Ich hörte, daß Mama etwas aus ihrem Zimmer rief, verstand aber nicht, was sie sagte, der Vorhang zu ihrem Zimmer dämpfte die Stimme, und ich hatte die Badezimmertür zugemacht; um sie besser zu hören, wischte ich mich ab, stand auf und öffnete die Tür, ohne die Hosen vorher hochzuziehen. Mama kam mit der großen runden Brille auf der Nase, Großmutters Pantoffeln und einem alten Schal über den Schultern, den ich auf einem Flohmarkt erstanden hatte. Vorhin hat ein Mann angerufen, sagte sie, es ist noch nicht lange her. Sie sah mich an, ihre Augen wirkten groß hinter der Brille, sie sahen ängstlich aus. Er sagte, er hieße Ivar. Sie sprach leise, als ob sie etwas Gefährliches erzählte und wollte, daß ich alles mitbekam. Ich spürte, wie ich Angst bekam. Woher hatte er meine Nummer? Sie lehnte sich an den Türrahmen und sah mich an, während ich Schlüpfer und Hose hochzog und den Reißverschluß zumachte. Hast du zugenommen, fragte sie. Ich drehte mich zum Waschbecken, wusch mir sorgfältig die Hände. Du hast meine Figur, sagte sie. Die breiten Hüften, die dicken Knie. Ich soll dich von Karin grüßen, sagte ich. Ich dachte an seine Stimme, daß sie hier gewesen war, im Telefon. Männer mögen das, sagte Mama, einen breiten Hintern. Mama hatte eine Falte zwischen den Augenbrauen, es sah aus, als dachte sie scharf über etwas nach. Ich putzte mir mit der rechten Hand die Zähne, mit der linken strich ich ihr über die Haare. Sie waren ausgetrocknet, sie sollte sich die Spitzen schneiden lassen. Karin, sagte Mama, ist ein wenig ... Ja, was, sagte ich. Nein, sagte Mama. Doch, sag es ruhig, sagte ich. Sie ist ein wenig ... träge, oder, sagte Mama. Sie nahm meine Hand und hielt sie an ihre Wange. Mit der Zahnbürste im Mund lächelte ich ihr zu, sie drückte meine Hand und seufzte schwer, sie hielt sie ganz fest und sah mich ernst an: Dieser Ivar, Johanne, bist du sicher, daß er was für dich ist? Weißt du nicht mehr, wie erleichtert du warst, als du dich letztes Mal von einem Typen getrennt hast, es wäre wohl zu dumm, sich jetzt schon wieder auf etwas Neues einzulassen, oder? Ich war unfähig zu antworten. Es war nicht wahr, daß ich beim letzten Mal froh war, nichts davon stimmte. Ich habe noch nie einen Freund gehabt. Ich war verliebt gewesen, ja, letztes Frühjahr, in einen Volkswirtschaftsstudenten. Wir waren auf der Treppe gegeneinander gerannt, seine ganzen Bücher waren heruntergefallen, Makroökonomie, er hatte mich innig angelächelt, und unsere Hände hatten sich berührt, als wir sie zusammen aufhoben, wie im Film, eine Art Zauber. Ich hatte Mama davon erzählt. Wir hatten vereinbart, Mama und ich, daß sie ihre Zustimmung zu meinem zukünftigen Mann geben sollte. Ihre Erfahrung sollte mich davor bewahren, einen Mann zu bekommen, der keine Grenzen kennt, keine Selbstbeherrschung und kein Einfühlungsvermögen hat. Der Volkswirt war wieder verschwunden, ich hatte ihn ein paarmal in der Cafeteria gesehen, mehr war nicht, ich glaube, ich war unglücklich, so sehe ich das heute, ich hatte mir vorgestellt, wie schön es sein könnte, ich lernte wie eine Verrückte für die Prüfung und schnitt besser ab denn je. Das war es wohl, was Mama in Erinnerung behalten hatte, die Freude über das Prüfungsergebnis. Darüber hatte sie sich am meisten gefreut. Ich wußte nicht, was ich zu ihr sagen sollte, alles war so durcheinander, mir war ganz neblig im Hirn. Ich spürte einen Druck im Kopf, an der Stirn, an der Augenbraue, es war wohl die Müdigkeit, eine lange Woche an der Uni, die jetzt um war. Plötzlich bekam ich richtig Angst. Vielleicht hatte sie recht. War Ivar gefährlich, hart und gemein, war er jemand, der andere gängelte und mißhandelte? Sein Blick, konnte ich ihm trauen? Und jetzt hatte er meine Telefonnummer und konnte herausfinden, wo ich wohnte. Der Rücken war ganz steif. Mama drückte mir noch einmal die Hand, hielt sie mit der einen Hand fest und streichelte sie mit der anderen, ich sah ihren Nagellack, mehrere dicke Schichten. Mein Johannemädchen, sagte sie, das beste Mädchen der Welt. Dann drückte sie meine Hand ein letztes Mal, bevor sie sie losließ und wieder ins Bett ging. Ich schloß die Badezimmertür und drehte mich zum Spiegel, spuckte aus und spülte den Mund, ich schaute mich an und versuchte, konkrete Gründe ausfindig zu machen, weshalb sich jemand in mich verlieben sollte. Ich dachte an die Entwicklung der Sehfähigkeit bei Neugeborenen, sie suchen Kontraste zwischen hell und dunkel und sehen am besten auf zirka dreißig Zentimeter Entfernung, das heißt in etwa von der Brust bis zum Gesicht der Mutter. So trinkt das Kind und betrachtet eingehend die Augenbrauen, den Haaransatz und die Augen seiner Mutter, weil gerade hier die Kontraste am größten sind. Oben auf dem Bett legte ich mich gleich in Schlafstellung, weil ich so am schnellsten einschlief, ausgestreckt auf dem Rücken ohne Kissen, die Arme neben dem Körper, wie eine Mumie oder ein totes Kind. Ich sank und sank, ich würde in den Schlaf sinken, und während ich sank, dachte ich: Vergib mir, Vater, vergib mir und gib mir deinen Segen. Als ich klein war, habe ich mir immer etwas vorgestellt, worauf ich mich gefreut habe, und habe dann ganz fest daran gedacht. Ich weiß noch, daß ich überlegt habe, worauf ich mich damals gefreut hatte, an jenem Freitagabend. Worauf freust du dich, Johanne? Auf der anderen Seite der Wand hörte ich einen Baß hämmern, ein paar einzelne Töne, die Zeile eines Liedes. Der Walkman von Mama, sie stellt ihn laut und legt ihn aufs Regal, damit der Kopfhörer ihr nicht auf den Ohren drückt.

Ich liege in meinem Zimmer auf dem Boden und betrachte den Himmel, er ist jetzt dunkelgrau, ein Taubenpaar hat unter dem Dach sein Nest, es gibt Momente, da fliegen die Tauben hektisch hin und her. Ich hatte mich darauf gefreut, mit Ivar zusammen zu fliegen. Ich hatte ihm nichts davon gesagt, es ist schließlich albern, sich auf etwas so Banales zu freuen, wie eingeklemmt in Flugzeugsitzen nebeneinanderzukauern, beim Start seine Hand zu halten, sich zusammen ans Fenster zu drücken und auf die Erde hinunterzuschauen, den Eindruck zu haben, man sähe alles. Vermutlich sitzt er jetzt neben einem anderen Mädchen, einem mit kurzen blonden Haaren und grünen Augen, älter, erfahrener als ich, sie lächelt ihn etwas unbeholfen an, mit Karins Zähnen. Karin hätte sich mehr für mich einsetzen sollen, denke ich, weshalb habe ich keine Freundinnen, die da sind, wenn es drauf ankommt, plötzlich habe ich den Drang, Karin zu schlagen, wie sie da in ihrem Priestergewand steht und die Arme vor sich hin streckt, ihr eine runterzuhauen, ihr mit der geballten Faust auf die großen Brüste zu schlagen, so daß der Kelch umkippt und das Abendmahlsbrot herunterfällt.

Ich erinnere mich, daß ich im Bett lag und die weiße Dekke betrachtete, es war Samstagmorgen, ein klarer Herbsttag, der Himmel war blau, die Sonne schien, ich hatte die Decke bis zum Kinn hochgezogen. Morgens fühle ich mich immer besser, bin gut drauf. Ich versuchte, herauszufinden, worauf ich mich freute: Das Grundstudium so gut zu bestehen, daß ich direkt ins Hauptstudium kam. Das Staatsexamen mit Glanz zu absolvieren, um eine reiche Auswahl an Arbeitsstellen zu haben: Forschung und Praxis kombinieren – Anwendung und Theorie. Wenn Großmutter dann stirbt und wir auf dem Grundstück bauen, wollte ich eine eigene Praxis haben, mit hellen, schönen Räumen. Lange, tolle Gespräche mit Mama. Einen guten, älteren, fachlich kompetenten Mentor in der Stadt, den ich ab und zu traf. Vielleicht einen älteren Herrn mit warmen Augen und Bart. Vor dem Eingang zur Praxis würde ich Bäume pflanzen, so daß meine Patienten durch eine Allee gingen. Birken. Eine Therapie ist schließlich eine Art Reise, es ist wichtig, das auch ästhetisch zu gestalten, es schön zu machen.

Ich spürte, wie Gedanken, über die ich mich freute, wie Energie in meinen Körper tröpfelten. Ich dachte an den Mentor mit dem großen Bart. Wir waren in seinem Büro, ich saß auf seinem Schreibtisch, und er hatte einen ziemlich dicken Bauch. Ich trug nur ein kurzes, dünnes Sommerkleid, er zog mir den Slip aus und umfaßte mit seinen großen warmen Händen meine Hüfte, ich stellte mir vor, daß es so sein könnte, er beugte sich herab und fing an, mich zu lecken, ich lehnte mich nach hinten, ich spürte seinen Bart zwischen den Beinen, sein Schnurrbart kitzelte mich an meinem Geschlecht. Ich wollte, daß er in mich drang, als wäre der Körper nur ein leerer Raum, der gefüllt werden mußte, um zu existieren, als ob er in mich eindringen müßte, um mich spüren zu lassen, daß es mich gab. Ich tat, als wäre es für mich nicht das erste Mal, als wüßte ich, wie es ging, ich lag einfach nur da und hatte Lust, ließ ihn, der es konnte, machen. Er öffnete die große Schnalle an seinem breiten Gürtel in der weichen Leinenhose, zog ihn ganz heraus und ließ ihn auf den Boden fallen, er stand am Schreibtisch zwischen meinen Beinen, und ich betrachtete ihn, als er die Hose und die Boxershorts herunterließ, sie rutschten an seinen Beinen herab, ich konnte unter dem Hemd und dem dicken Bauch sein großes, geschwollenes Geschlecht sehen, es stach so hervor, daß ich lächeln mußte, ich setzte die Füße auf den Schreibtisch, öffnete die Beine, so weit ich konnte, und schob mich ihm entgegen. Komm in mich, sagte ich. So würde es sein, dachte ich, sein Körper und mein Körper würden auf eine besondere Weise zusammenpassen, so, daß er, selbst wenn er sich bewegte, in mir war, mich gleichzeitig rieb und vögelte. Ich strich mir mit den Fingern über den Körper, berührte mich selbst. Manche sagen, es sei Sünde zu masturbieren. Wenn dem so ist, mußt du mir vergeben, Vater. Er zog sich aus mir heraus und hob den Gürtel auf, sein Blick veränderte sich, seine Augen wirkten böse, er fing an, mich mit der linken Hand zu schlagen, während er wieder in mich eindrang, hart, grob, er hob die Hand mit dem breiten Gürtel.

Ich war der Meinung, Mama sei im Badezimmer, sie saß wohl auf dem Klo und rauchte, ich mußte vorsichtig sein, um keinen Lärm zu machen. Ich versuchte mir wieder die guten Bilder in Erinnerung zu rufen, immer wenn ich daliege und das mache, scheint plötzlich alles entstellt und nimmt eine unangenehme Richtung. Plötzlich fing ich an zu zittern, ich stellte mir vor, mein Mentor habe einen seiner dicken Finger in meinen Hintern gesteckt, ich zitterte am ganzen Körper.

Ich lag auf der Seite, den Kopf auf dem Kissen und sah aus dem Fenster, der Himmel war von einem derart klaren Blau, daß es fast weh tat. Ich fühlte es kommen, aber ich weinte nicht sehr, es kamen nur ein paar Tränen und reinigten die Augen, ich fragte mich, was es war. Es schien, als wären meine Gedanken in Sehnen und Häute eingepackt und ich wäre außerstande, zu ihnen vorzudringen. Wer unter euch ohne Sünde ist, der werfe den ersten Stein. Ich sah mich unter einem Haufen Steine liegen, wie es wohl war, wenn man mit Steinen beworfen wurde, ich fragte mich, wie es war, einen derart großen Schmerz zu erleiden, ob man jeden einzelnen Stein spürte und ob es zwischendurch Pausen gab oder ob es eher wie eine einzige große Lawine war, ob die Steine so dicht nacheinander kamen, daß sie zu einer Linie aus Schmerz wurden, einem einzigen zusammenhängenden Strich.

Das Dumme an der Tür ist, daß die Klinke lose ist. Ich kann nicht daran rütteln, denn dann fällt sie ab, und ich kann sie von innen nicht wieder dranmachen. Es ist eins von diesen Dingen, die wir in Ordnung bringen müssen, das habe ich Mama mehrmals gesagt. Vielleicht ist es einfach Schwachsinn, die Sache mit dem Psychologiestudium, und ich sollte lieber etwas Sinnvolles machen, ein Handwerk erlernen, etwas reparieren können, nützlich sein. Ich muß mal. Ich frage mich, ob ich bald hier rauskomme, damit ich aufs Klo gehen kann. Das alles hier ist lächerlich, Johanne.

Aber es ist nicht witzig, eingesperrt zu sein. Nicht heute, wo ich doch weg wollte und fliegen und alles. Du kommst zu spät, Johanne. Ich höre es, wenn ich es sage, wie wenn man ein Pflaster abreißt, es ist wahr. Zu den wichtigen Dingen komme ich immer zu spät.

Es ist, als wäre dieser Gedanke der Schlüssel zu einer anderen Tür, der Tür zur Tränenkammer, und jetzt läuft alles heraus. Ich liege auf dem Fußboden und lasse es laufen, ich bin allein hier, niemand sieht mir zu. Es läuft geradewegs seitlich heraus zu den Ohren, die Wangen bleiben trocken. Es ist eine merkwürdige Art zu weinen, überlege ich, ich muß über mich selbst lächeln, ich nehme ein paar Haare und mache daraus einen Pinsel und wische damit die Feuchtigkeit weg.

Den Samstag, nachdem ich Ivar kennengelernt hatte, begingen wir wie üblich, Mama und ich. Ich hatte sie untergehakt, als wir am Schloß vorbei das abschüssige Stück zur Karl Johans Gate hinuntergingen. Es war kühl, hell und klar und dunkelgrün, die Blätter waren an einigen Stellen gelb geworden, und dazwischen war es rot. Ein feiner weißer Staub legte sich auf unsere vier Schuhe, ich erinnere mich, daß ich sie betrachtete, wir gingen im Takt. Ich dachte an den Nationalfeiertag, den 17. Mai, als ich noch klein war, ich wollte in den Spielmannszug, zwei Jahre lang bog ich zusammen mit den anderen Aspiranten als eine der letzten im Spielmannszug in die Kurve vor dem Schloß, in einem blauen Faltenrock, der viel zu teuer gewesen war, und mit einem Schiffchen auf dem Kopf, die Notentasche baumelte am Bein. Ich hatte aufgehört, bevor ich ein Instrument bekam. Mama blieb stehen und holte den Fotoapparat heraus. Darf ich dich damit belästigen, daß du ein Bild von mir machst, fragte sie und fühlte nach, ob ihre Haare richtig lagen, stellte sich vors Schloß und bat mich, darauf zu achten, daß ich etwas Grün mit drauf bekäme. Ich fragte, wie sie aussehen wollte, ob ernst oder lächelnd. Ich will einfach nur schön sein, sagte sie. Ich betrachtete sie durch die Linse. Sie war ganz klein in der Bildmitte, ich ging näher ran, damit ihr Gesicht heller wurde, dann drückte ich ab. Sie packte die Kamera weg und holte eine Schachtel Zigaretten heraus, suchte das Feuerzeug, sie blieb lange mit der Zigarette in der Hand stehen, bevor sie sie anzündete, und sah über die hohen Bäume hinweg in die Ferne. Vielleicht möchte sie, daß ich ausziehe, überlegte ich. Vielleicht ist es ihr zu teuer, daß ich bei ihr wohne. Ich störe nur. Vielleicht dachte sie an all die Dinge, die sie sonst mit dem Geld machen würde, das ich fürs Essen brauchte. Ich wollte nicht, daß sie böse auf mich war. Es war Samstag, sie sollte glücklich sein, ich wollte, daß alles wie immer wäre, daß es keine Veränderungen gäbe. Jetzt nicht, dachte ich, nicht mitten im Semester. Ich strich ihr übers Haar. Es ist ihr Recht, sich zu schützen, sich abzuschirmen, dachte ich, das muß ich ihr zugestehen. Sie muß ihre Geheimnisse haben dürfen. Sie schüttelte meine Hand ab, ich glaube nicht, daß sie es bewußt tat, sie schob mit den Fingern die Haare hoch, als ob ich sie plattgedrückt hätte. Du warst völlig weg, sagte ich. War ich das, sagte sie fragend, während sie die Zigarette anzündete. Du bist oft ein wenig abwesend, sagte ich. Stimmt das wirklich, fragte sie. Bei der Arbeit höre ich immer wieder, wie effektiv und präsent ich sei. Wie gegenwärtig. Sie runzelte die Stirn, als grübele sie über das Gesagte nach. Wir gingen weiter. Ich wußte nicht, was ich sagen sollte, ich fühlte eine Leere im Kopf. Es machte mir Angst, daß mein Kopf so leer war, ich sollte mehr denken, überlegte ich, ich sollte über etwas nachdenken. Dann versuchte ich, an etwas zu denken, über einen Gedanken nachzugrübeln, der mir selbst gekommen war, und zwar, als ich das Entwicklungspsychologiebuch durchgeblättert hatte und zu Harlows Bildern mit den Affenjungen kam, da dachte ich, das hier ist keine Wissenschaft, das ist Kunst. Es stimmt und es ist falsch, es lügt, aber es sagt gleichwohl etwas aus, was alle wissen und wiedererkennen können, auf eine neue Art und Weise. Nämlich, daß das Wichtigste bei den Versuchen nicht die Berichte waren oder die Wörter und die Begriffe, sondern die Bilder, daß es die Bilder sind, an die man sich erinnert; das kleine Affengesicht mit den großen Augen und dem Frotteetuch als Mutter. Ich fühlte es kommen, gleich kamen die Tränen, ich versuchte, an etwas anderes zu denken, damit Mama es nicht merkte, was ist denn los, dachte ich, ich kann mich nicht auf mich verlassen, ich habe keine Kontrolle. Plötzlich kam mir der Gedanke, daß ich wohl hungrig war. Ich mußte lächeln, mein schwankender Blutzucker, das war es wohl.

Wir gingen zur Buchhandlung Tanum, wie üblich. Ich verstehe nicht, weshalb ich samstags immer so schnell hungrig werde, ich war fast schon hungrig, bevor wir von zu Hause losgingen. Mama suchte die Taschenbuchausgabe eines Buchs, das ihr von meinem Bruder empfohlen worden war, er studiert in den USA. In den Ferien arbeitet er in einem Büro in der Stadt, dann schläft er auf einer Matratze im Wohnzimmer. Er ist im August gefahren, es dauert noch einige Monate, bis ich ihn wiedersehe. Ich schaute nach Mama, sie hatte bereits zwei Bücher gefunden, die sie haben wollte. Wir standen auf der kleinen Empore mit den englischen Taschenbüchern. Ich habe mir etwas überlegt, sagte sie. Dann blieb sie mit offenem Mund stehen. Ich folgte ihrem Blick. Sie betrachtete ein junges Paar, das etwas unterhalb von uns neben dem Regal mit den Reisebüchern und Karten stand, der junge Mann hatte eine runde Brille und lange schwarze Haare. Er erzählte etwas, und das Mädchen hatte den Kopf schiefgelegt und hörte ihm aufmerksam zu, sie nickte. Sie war sehr hübsch, hatte lange blonde Haare und ein ganz symmetrisches Gesicht, wie eine Puppe. Was denn, sagte ich und sah Mama noch einmal an, dann suchte ich im Regal hinter ihr nach einem Buch, von dem ich gehört hatte. Sie antwortete nicht, sie starrte die beiden unverwandt an. Mama, sagte ich und knuffte sie vorsichtig in den Arm. Sie runzelte die Augenbrauen, als ob ihre Gedanken an verschiedenen Orten im Kopf verstreut lägen und sie die Stirnmuskeln einsetzen müßte, um sie zu sammeln. Männer haben so etwas, sagte sie, so etwas ... Sie brach wieder ab. Ich war erleichtert. Mama sah immer noch auf das Paar, ich betrachtete es ebenfalls. Das Mädchen lächelte den Mann mit hübschen, weißen Zähnen an, auch er lächelte lange, bevor er weitersprach, ich überlegte, daß sie wohl einen Urlaub planten, ein Wochenende in Berlin. Was denn, sagte ich. Etwas ... bei ihnen ist irgendwas schiefgelaufen. Ihr Blick wanderte zu mir. Männer sind so einfach gestrickt. Ihre Handlungen werden von Sex und von Macht bestimmt. Wie bei einem Roboter, sagte sie. Was meinst du damit, fragte ich. Sie sah mich ernst an, lange, sie sagte nichts, dann drehte sie sich um und blickte auf das Regal, es schien, als sei sie ganz in ihren Gedanken vertieft und wollte ihn allein zu Ende denken. Ich ging die kleine Treppe hinunter. Ich streifte ein wenig umher, bevor ich bei den Gartenbüchern an der Kasse stehenblieb und darin blätterte. Während des Semesters muß ich mich auf Fachbücher konzentrieren, deshalb sehe ich mir die Regale mit den Romanen meist gar nicht erst an, damit ich nicht auf etwas stoße, was interessant sein könnte. Außerdem ist es teuer, ich versuche, soviel wie möglich für später zu sparen. Mama kam mit einem Stapel Bücher im Arm, sie verdrehte die Augen, damit ich sehen konnte, daß sie sich über sich selbst aufregte. Wir gingen zu einer der Kassen, während sie bezahlte, sah ich mir die Kunstkarten in einem der Ständer an. Anschließend gingen wir eine Etage höher in das französische Café, suchten uns einen Rauchertisch mit rotkarierter Dekke, Mama zog die Jacke aus, während sie sich umsah. Was möchtest du, fragte sie auf dem Weg zur Theke mit den gefüllten Croissants und den Obstschnitten mit Glasur. Ich muß erst schauen, sagte ich. Ich leiste mir so selten ein Essen außer Haus, daß ich mich nicht entscheiden kann, wenn ich die Wahl habe. Sie flüsterte mir zu, ich könne mir nehmen, was ich wollte, und deutete mit dem linken Zeigefinger auf ihren Geldbeutel, den sie in der rechten Hand hielt, ich sah, daß ihre Finger den Fingern von Großmutter glichen. Ich betrachtete meine eigene Hand, ich überlegte, daß ich vielleicht noch zu jung sei, daß es aber bereits in ihnen verborgen lag, eines Tages würde die Verwandtschaft auch an meinen Fingern zu sehen sein, würde in ihnen sichtbar werden. Vielleicht bin ich gerade in einem Gespräch mit einem Klienten, da entdecke ich plötzlich Mama in meinen Händen, falle für einen Moment lang völlig aus und bekomme nicht mit, was der Klient sagt. Einer aus der Fachschaft hat bei einem unserer abendlichen Treffen erzählt, daß der Psychologe, zu dem er geht, einmal während seiner Therapiestunde eingeschlafen sei. Und trotzdem hatte er bei dem Mann weitergemacht. Wenn mir das passiert wäre, als Klientin, hätte ich es niemals weitererzählt. Es wäre sicher lehrreich, eine Therapie zu machen, aber ich kann es nicht mit meinem Gewissen vereinbaren, einen Platz in Anspruch zu nehmen, den ein anderer vielleicht wirklich braucht. Der Typ von der Fachschaft ist im Grunde ziemlich seltsam, ich verstehe nicht, wie er denkt.

Ich trug das Tablett an unseren Tisch. Mama ging noch

einmal zur Theke zurück, um Besteck und Servietten zu holen. Sie war verärgert über etwas, was der Mann hinter der Theke gesagt hatte, unfreundlich, brummte sie, verdirbt einem die Stimmung. Aber jetzt wollen wir es uns gutgehen lassen, nicht wahr, mein Mädchen, sagte sie und lächelte vor sich hin, während sie den Teller und den doppelten Espresso vom Tablett nahm und auf den Tisch stellte. Sie holte die Zeitung heraus, nahm sich den Mittelteil, gab mir den Rest, blätterte vor zum Prominenteninterview, fing an zu lesen und biß dabei große Stücke von ihrem Hörnchen ab. Ich betrachtete ihr Gesicht, die groben Poren, die schlaffe Haut unterm Kinn, die schmalen Lippen. Nur in engen Beziehungen findet eine Entwicklung statt, steht in einem der Psychologiebücher. Nur in engen Beziehungen setzen wir uns Dingen aus, die uns verändern können, die etwas in Bewegung versetzen. Ich schlug die Kulturseiten der Zeitung auf, dort war ein schwedisches Buch besprochen, das kürzlich übersetzt worden war. Mama und ich waren bei einer Lesung gewesen, die in Verbindung mit der Herausgabe des Buchs arrangiert worden war und die nichts kostete, Svenn war zu Hause bei der Familie und konnte nicht mitkommen. Was ich von dem Buch in Erinnerung behalten habe, ist die Geschichte eines Mannes, der Kuchen backt, in einem Café sitzt und eine Dame anlügt, er sagt ihr, er würde sterben. Mama und mich hatte provoziert, daß es dem Buch an schönen Dingen fehlte. Sie wollte gehen, aber ich wollte trotzdem weiter zuhören. Schließlich stand Mama auf und ging. Ich blieb sitzen, es war im Frühherbst, so daß es draußen noch ziemlich hell war, und ich weiß noch, daß ich dachte, ich würde sicher nach Hause kommen. In der

Pause kaufte ich mir eine große Tasse Kaffee und ein Rosinenbrötchen, das wohl schon den ganzen Tag auf der Theke gelegen hatte, ich hatte nicht weiter darüber nachgedacht und konnte es mir leisten, obwohl Mama gegangen war, normalerweise bezahlt sie, wenn wir zusammen ausgehen. Der Autor kam auf mich zu, als die Lesung vorbei war. Er fragte mich, warum meine Mutter gegangen sei. Ich war überrascht, daß er wußte, daß sie meine Mutter war. So, wie Sie sich ähnlich sehen, sagte er auf Schwedisch und lächelte. Er setzte sich und forderte mich auf, zu erzählen. Jetzt sagen Sie doch was. Ich erzählte, daß ich Psychologie studierte. Er fing an zu lachen. Ich mochte ihn. Er wirkte so ehrlich. Ich wollte so gern etwas Wichtiges sagen, etwas, wofür er mich in Erinnerung behalten würde. Ich erzählte ihm, worüber ich oft nachdachte, nämlich, daß man sich der Nähe anderer Menschen aussetzte, damit eine Veränderung eintreten konnte. Einige junge Frauen kamen an unseren Tisch, sie sagten etwas zu ihm, er antwortete, aber er sah sie nicht an, während er sprach, die ganze Zeit über schaute er nur auf mich. Wir redeten noch eine Weile, dann stand er auf, es schien, als würde er aufs Klo gehen, aber er kam nicht zurück. Ich weiß noch, daß ich versucht habe, darüber nicht traurig zu sein. Vielleicht ist es so mit Künstlern, sie haben plötzlich Eingebungen, vielleicht eine Idee. Es war noch nicht sehr spät, ich ging zu Fuß, das Geld für die Straßenbahn wäre rausgeschmissen, weil ich sie eigentlich nicht brauchte. Als ich nach Hause kam, erzählte ich Mama, daß ich mit dem Autor gesprochen hatte. Wir sitzen oft abends in der Küche und reden miteinander, Mama trinkt Cola light, ich Tee. Sie sagte, es sei gefährlich, sich mit einem fremden

Mann einzulassen. Stell dir vor, wir würden nicht zusammen wohnen und du hättest ihn mit zu dir nach Hause genommen, Johanne. Männer mit zu sich nach Hause nehmen, ist so, als würde man einen Vertrag eingehen, ihnen etwas versprechen. Stell dir vor, was er dir hätte antun können. Die meisten Männer sind gefährlicher, als du glaubst, Johanne. Gefährlich für Frauen, wenn sie glauben, etwas erreichen zu können. Auch dafür haben wir die Alarmanlage, nicht wahr? Aber wenn du ihn einmal mit in die Wohnung genommen hast, kannst du nicht mehr viel tun. Stell dir vor, er hätte dich gefesselt. Hätte ein Messer in der Jacke. Er hätte alles mit dir machen können, ist dir das klar? Wirklich alles, Johanne. Absolut alles, was er gewollt hätte, hätte er mit dir machen können. Ich bekam solche Angst, als sie das sagte, daß mir kalter Schweiß ausbrach. Ich war ganz erleichtert, daß nichts passiert war. Stell dir vor, wir wären im Park spazierengegangen. Tagelang dachte ich darüber nach, was alles hätte geschehen können, die Vorstellungen strömten in meinen Kopf, wenn ich im Lesesaal saß oder in einer Vorlesung, wie eine große Welle, die plötzlich an den Strand rollte und der man gerade noch ausweichen konnte. Ich weiß nicht, wie ich es ohne Mama schaffen sollte. Ich sah sie an. Sie schaute wieder in die Zeitung. Blätterte. Ich betrachtete meine Knie unter dem langen braunen Rock. Ich spürte es kommen, einen Ton, einen einzelnen deutlichen Ton in meinem Kopf. Plötzlich war es ganz still im Café, die Klaviermusik aus der Etage unter uns war verschwunden, die Menschen an den Tischen zogen Grimassen, aber ich konnte nicht hören, was sie sagten. Die Luft war sicher schlecht mit so vielen Menschen direkt unter dem Dach. Ich fragte, ob wir gehen sollten, ich konnte meine eigene Stimme kaum hören, der Lautstärkeregler der Lautsprecheranlage mußte außer Betrieb sein, es gab keinen Filter, keinen Kontakt, nur Stühle und Tische, die umkippten und irgendwo weit weg von mir hinfielen. Ich muß nach Hause und arbeiten, sagte ich und stand auf, ich muß noch über dreißig Seiten lesen, um mein Soll für diese Woche zu erfüllen.

Ich muß mal. Ich habe noch den Papierkorb, einen viereckigen Behälter aus Stahl. Falls ich nicht rauskomme, muß ich da hineinpinkeln. Davon braucht man nicht viel Aufhebens zu machen, im Krieg sind schlimmere Dinge passiert. Da mußten die Leute in die gleiche Schüssel pinkeln, aus der sie aßen und tranken. Urin raus, Wasser rein. Ich habe die Bücher eingepackt, sie befinden sich in der Tasche im Flur, zusammen mit drei Kleidern, sauberen Slips und einem Paar Schuhe, das ich bei jedem Wetter anziehen kann. Ich habe noch meine Methodikmitschriften hier, sie stehen ganz vorne in dem kleinen Ordner, ich könnte mir vornehmen, über sie nachzudenken und nicht wie sonst nach der Hälfte aufzugeben, sondern weiterzulesen, auf diese Weise könnte ich noch etwas Nützliches tun, während ich hier saß. Validität und Reliabilität. Reliabilität ist etwas Technisches, meßbar und nachprüfbar. Validität hingegen ist ein Komplex, den ich, wie ich merke, nur am Rande verstehe. Zum Beispiel das Phänomen der Verallgemeinerung, Ergebnisse, die man in einem kleinen künstlichen Experiment gefunden hatte, übertragen zu können und zu glauben, daß sie auf einen anderen, größeren und realen Bereich anwendbar wären. Aber das wirklich Schwierige ist die begriffliche Validität; inwieweit wird der

Begriff, den man untersucht, zum Beispiel Glück, von den Untersuchungen, die man durchführt, erfaßt? Um das herauszufinden, muß man vorab eine umfassende Definition von Glück erstellen, und damit hat man sich in gewisser Weise bereits auf einen Glücksbegriff festgelegt, und das ganze Experiment ist hinfällig und konstruiert. Es erscheint unmöglich, zu einem völlig neuen Verständnis zu gelangen, etwas grundlegend Neues über den Begriff zu entdecken. Und wenn die auf dem Begriff beruhende Validität den Halt verliert, klappt das ganze Experiment in sich zusammen, dann hat man das Falsche untersucht. Mir ist übel. Es kommt mir so vor, als lägen in meinem Kopf mehrere Schichten Gedanken übereinander, wovon die unterste völlig in der Luft hing. Ich sollte unbedingt das Fenster öffnen, hier drin ist schlechte Luft, ich schlafe nachts bei geschlossener Tür, und auch den ganzen Morgen über war sie zu gewesen. Ich betrachte den Türgriff, das Schlüsselloch, ich betrachte alles so lange und genau, daß es gleichsam unwirklich wird, sich verändert und größer wird, es ist, als würde alles langsam weich und biegsam, als würde alles bald schmelzen und anfangen zu tropfen. Die Luft hier drin ist sicher schlecht. Ich sollte wohl das Fenster aufmachen, aber ich möchte nicht um Hilfe bitten. Das Fenster öffnen hieße zeigen, daß ich aufgebe, damit würde ich zeigen, daß ich hier raus will. Aber du willst ja auch raus, Johanne. Ja, ich will raus, aber nicht so. Ich will nicht darum bitten, denn dann hänge ich später darin fest, ich will es allein schaffen.

Das Ticken des Weckers ist jetzt deutlich zu hören, ich klettere auf das Hochbett und hole ihn herunter, ich setze mich mit dem Rücken zur Tür auf den Boden und halte ihn in beiden Händen, er ist klein, er ist weiß, er läßt mich an ein Ei denken, das Pochen eines Kükens, das heraus will, es klopft und klopft mit dem Schnabel, ich habe das in Großaufnahmen im Fernsehen gesehen, Osterküken, gelbe Nester, plötzlich denke ich, daß auch Jesu Grab wie ein Ei war und daß er ein Küken war, das ausgebrütet wurde, für unsere Sünden gekämpft und uns erlöst hat.

Ich stand im Flur und hörte die Glocken läuten, ich stand ganz still und lauschte den mächtigen Klängen, die durch das offene Wohnzimmerfenster drangen, es war sonnig und ziemlich warm. Es ist seltsam, daß das erst elf Tage her ist. Normalerweise gehe ich zu Hause los, wenn es zum zweiten Mal läutet, dann ist es halb elf, und ich habe ausreichend Zeit für den Hinweg, habe Zeit, hallo zu sagen und ein wenig zu reden, wenn ich jemandem begegne, oder mich einfach auf einen Stuhl zu setzen, rechts an der Wand bei der zweiten Säule von hinten, und mich zu konzentrieren. Mama war unter der Dusche. Sie geht normalerweise auch in die Schloßkapelle, obwohl der Gottesdienst dort von der Studentengemeinde ausgerichtet wird und für Studenten gedacht ist. Wir hätten gut zusammen gehen können, aber sie wird nicht fertig, und ich hasse es, zu spät zu kommen, deshalb warte ich nicht mehr auf sie, sie trägt die Verantwortung selbst. Als die Glocken zu Ende geläutet hatten und ich mich angezogen hatte, nur Brauntöne, ein richtig herbstlicher Sonntag, klopfte ich an die Badezimmertür. Du mußt dich beeilen, sagte ich. Sie antwortete nicht. Ich klopfte noch einmal. Mama, sagte ich. Ja doch, sagte sie. Ich gehe jetzt, sagte ich.

Die großen Bäume im Schloßpark waren so schön, daß ich einen regelrechten Druck im Magen spürte. Ich erinnere mich, daß ich mir sagte, dies sei der Ort, den man bei Liebeskummer aufsuchte. Ich erinnere mich, daß ich an Ivar dachte und lächelte, irgendwie sehnte ich mich damals schon auf eine Weise nach ihm, daß es sich wie Trauer anfühlte. Vielleicht gibt einem das Leben Zeichen, kommt mit Vorwarnungen. Links hatte ich den kleinen Ententeich, rechts den Dronningparken, der für dieses Jahr geschlossen war, der Teich darin war seit langem leer. Ich ging noch weiter den Berg hinauf und kam schließlich seitlich vom Schloß heraus. Dort ist es am Vormittag schattig. Ein paar Studenten standen vor der Tür, ich kannte sie nicht besonders gut, ich wußte, daß zwei von ihnen im Vorstand der Studentengemeinde saßen. Studenten, die den Keller vom Schloß pachten konnten und immer eine volle Kapelle hatten. Wir lächelten uns zu, als ich an ihnen vorbeiging, ein paar hatten Kniebundhosen an und Joggingschuhe, die beiden Jungen sowie eins der Mädchen hatten kleine Rucksäcke dabei, die neben ihnen auf dem Boden standen oder die sie auf dem Rücken trugen.

Ich ging hinein und die kleine Treppe hinunter. Die Sonne schien wunderbar hell und weiß vom Innenhof des Schlosses durch die kleinen Fensterscheiben. Die Baumaterialien waren wunderschön. Der Marmor glänzte. Terje von der Studentengemeinde stand an einem Tisch und verteilte Gesangbücher und ein Blatt mit der Liturgie, es würde heute sehr feierlich werden mit Weihrauch und Prozession. Ich umarmte ihn und fragte, wie es ihm geht. Es waren erst wenige da. Der große Ansturm kommt immer in den letzten zehn Minuten, Stimmen und Trubel, aber noch war es still. Terje erzählte von der Fachschaft der Theologischen Fakultät, sie hatten gegenüber dem Institut einige wichtige Dinge durchgesetzt. Er ist ein Topstudent, dabei immer freundlich und fachlich unglaublich kompetent. Karin hat mir von Interpretationen berichtet, die er in Seminaren vorgestellt hatte, von beeindruckenden Exegesen. Er hat sogar eine liberale Einstellung zum Thema Pfarrerinnen. Ich legte den Kopf schief und sah ihn an. Ach ja, sagte er, das meinst du. Es ist immer noch das gleiche, sagte er. Terje hat Angst davor, daß sich alles auflöst. Wenn ich jetzt mit dem Fahrrad zur Universität fahre, sagte er, muß ich andauernd auf die Straße starren, weil ich genau weiß, daß es dort Risse gibt, große Löcher, ich muß die ganze Zeit über auf den Boden schauen, damit das Fahrrad nicht zusammen mit mir irgendwo hineinstürzt. Nachts träume ich davon, wie es ist, beim Fallen auf die harten, steinigen Kanten aufzuschlagen. Ich rufe immer wieder um Hilfe, aber niemand hört es. Hallo, Gott, hallo, sagte Terje und sah auf zur Decke. Ich schaute ebenfalls hoch. Die Decke war hellblau und mit kleinen weißen Wolken bemalt. Wir sahen uns an und lächelten. Aber das hat auf jeden Fall zur Folge, daß ich jetzt einen Helm trage, sagte er. Er lachte. Ich lächelte zurück und versuchte, mir eins dieser Löcher vorzustellen, von denen er gesprochen hatte. Es mußte furchtbar sein. Vielleicht spielt dir auch Freud einen Streich, dachte ich. Vielleicht brauchst du eine Frau, eine zärtliche Frau, die dir zuhört, dachte ich. Soweit ich weiß, hat auch er noch nie eine Freundin gehabt. Ja ja, es wäre zu schön, wenn man eine Antwort bekäme, sagte ich. Die Luft war schon jetzt ein bißchen verbraucht hier drinnen, wie wird das in einer Stunde sein, mit mehr als zweihundert Menschen? Die Menschen strömten herbei, viele standen hinter Terje und warteten auf Gesangbücher, und ich mußte mich beeilen, damit ich noch den Platz bekam, den ich haben wollte. Ich lächelte ihm bedauernd zu, sagte Bis bald. Er sah mich an und lächelte zurück, teilte die Gesangbücher aus, ohne zu registrieren, was er tat, sagte, er sei so froh, daß es mich gab. Ich verspürte den Wunsch, ihn zu umarmen, ich winkte ihm zu, drehte mich um und ging weiter. Mir war ganz warm, nachdem ich mich so angenehm mit ihm unterhalten hatte, fast wie mit einem Bruder, ich spürte, daß ich dort war, wo ich hingehörte. Im Haus meines Vaters. Wichtig war es jetzt, einen Stuhl an der Wand zu finden, weit hinten, von wo aus ich die Kanzel und soviel wie möglich vom Altar sehen konnte. Ich sitze gerne in einer Linie mit der Kanzel, damit der Pfarrer gewissermaßen zu mir spricht. Er spricht ja auch zu dir, sagte ich mir dann. Er spricht zu allen. Er ist der klügste Pfarrer, den ich kenne. Wenn er predigt, spüre ich instinktiv, daß das, was er sagt, stimmt. Ich fand einen Platz, zog die Jacke aus und setzte mich. Ich schloß die Augen, während sich die Kirche füllte, ich spürte, wie mir warm wurde, von der Sonne, von dem Trubel um mich herum und von dem Ort. Leute setzten sich auf die Plätze neben mir, überall waren Menschen, das gefiel mir. Dann wurde es plötzlich still, und ich hörte eine Jungenstimme, hellen Gesang, psalmodierend, schwach zuerst, aus der Ferne, dann immer näher. Ich öffnete die Augen. Die Prozession hielt Einzug, vorweg ging der Pfarrer mit einem Zepter oder einer Art Stab, hinter ihm kam ein beleibter Theologiestudent in weißem Gewand, der einen Weihrauchbehälter schwenkte, dahinter der singende Junge, winzigklein mit hellen, weißen Haaren, ich konnte ihn zwischen den Stuhllehnen und den ganzen Körpern hindurch nur flüchtig sehen. Ich wollte nicht, daß er je aufhörte zu singen. Ich wollte ihn mit nach Hause nehmen und auf ihn aufpassen. Vielleicht hat er keine Eltern, dachte ich. Am Altar setzten sie sich einander gegenüber, der Theologiestudent und der Junge. Ich konnte ihn von dort, wo ich saß, gut sehen. Er war so schön, so zart, als ob er gleich zerbrechen würde. Der Priester hieß uns zum Hochamt willkommen. Ich überlegte plötzlich, der Junge wäre mein Sohn, wir würden gemeinsam zum Strand fahren, und ich würde auf ihn aufpassen, während er badete, und wir würden zusammen am Wasser entlanglaufen und hinfallen und planschen und lachen. Er schnitt sich an einer Muschel, blutete und weinte, und ich tröstete ihn. Ich drückte ihn fest an mich und sang ihm etwas ins Ohr, was nur er hören konnte. Ohne, daß ich es sagen mußte, wußte er, daß ich ihn liebte.

Während der Lesung, der Theologiestudent las jetzt etwas vor, kam jemand herein, die Tür fiel laut zu, ich hörte Schuhe auf der Steintreppe. Mama. Ich sah zum Eingang, sie hatte ihre Haare gefärbt. War sie damit beschäftigt gewesen, als ich ging? Sie hatte den giftgrünen Mantel aus Pelzimitat angezogen, er hob sich leuchtend gegen die kupferfarbenen Haare ab. Ihr Blick war dem Altar zugewandt. Seit sie hereingekommen war, hatte sie dorthin geschaut. Sie sah den Pfarrer an. Sie starrte ihn an. Ich hatte sie schon öfter gebeten, diskreter zu sein, aber sie hörte nicht auf mich. Ich sah, wie sich Terje zu ihr durchschlängelte und ihr ein Gesangbuch und das Liturgieblatt gab, es mußten seine eigenen Sachen sein, es waren so viele Menschen hier, der Vorrat war seit langem aufgebraucht. Sie lächelte ihn an, ein kurzer Blick, bevor sie wieder nach vorne schaute, zum Pfarrer. Sie fand einen freien Platz an der hinteren Wand und lehnte sich dagegen. Ich drehte den Kopf wieder zum Altar. Ich versuchte zu vergessen, daß sie da war. Ich versuchte, mich an das zu erinnern, woran ich gedacht hatte, bevor sie gekommen war.

Ich sitze neben Edvard auf einem Stuhl, er lächelt, hat einen abgebrochenen Zahn, meine Schneidezähne sind erst zur Hälfte gekommen, hinter uns stehen Mama und Papa. Wir lächeln allesamt von einem körnigen Schwarzweißfoto im Gemeindeblatt herunter: die Gottesdienstfamilie des Monats. Immer auf ihrem Platz, bevor es zum Spaziergang in den Wald geht. Fröhlich und umgänglich. Ich erinnere mich an einen Mann, der weinte, als er das Abendmahl bekam. Er saß vier Stuhlreihen vor uns, und die Tränen liefen ihm über die Wangen. Er muß etwas Furchtbares getan haben, dachte ich, wenn er so erleichtert darüber war, erlöst zu werden.

Während der Pfarrer sprach, fühlte ich mich bedeutend und wertvoll, es war, als plazierte er einen glühenden Stein in meinem Körper, der in mir liegenblieb und mich von innen wärmte. Beim Abendmahl stand ich auf und ging durch die leere Stuhlreihe, alle, die dort gesessen hatten, standen in der Schlange vorm Altar, ich stellte mich hinten an, es kamen noch einige Leute nach mir, ich stimmte in das vertraute schöne Lied ein, hinter mir wurde gesungen, alle sangen, das Lied rollte im Kreis, und wir sangen es so lange, bis alle Abendmahlteilnehmer beim Pfarrer gewesen waren und das Brot und den Kelch erhalten hatten. Auf dem Rückweg kam ich an Mama vorbei, sie wartet immer bis zum Schluß und ist eine der letzten, die nach vorn geht. Sie packte mich hart am Arm und hielt mich fest. War das nicht eine schöne Predigt, fragte sie. Wie schön sie war. Sie sprach leise, betonte jedes Wort und sah mich dabei an, ihre Augen leuchteten. Plötzlich konnte ich mich nicht mehr daran erinnern, was der Pfarrer gesagt hatte, es war völlig weg, der Kopf war leer, der Stein war erloschen. Ich fühlte es an der Augenbraue, sie verkrampfte sich, ich wollte weiter zu meinem Platz, hinter mir standen Leute und warteten darauf, daß ich weiterging, ich nickte. Doch ja, sagte ich und strich ihr flüchtig über die Wange, bevor ich zur letzten Bankreihe ging, um hinter ihr entlang zu den Stühlen an der Seite zu gelangen, das Licht vom Schloßgarten war ganz weiß.

Sie betrachtet das Gitter vor dem Fenster. Sie betrachtet das Muster auf dem Boden, das sich mit dem Lauf der Sonne langsam verändert. Dann sieht sie auf die Straße. Sie steht am Fenster, die Kette reicht nicht weiter, und sieht auf den Staub und die Körper, den Verkehr. Der kleine Junge hat gerade ein kurzes, trauriges Lied gesungen, ein Kirchenlied auf die Melodie eines Volksliedes. Sie haben eine Prozession vom Altar durch den Mittelgang gebildet. Wenn er im Nebenzimmer ankommt, wird er an die Heizung gefesselt, dachte ich, das Gewand hochgewickelt bis unter den Bauch. Er singt so hell und dünn, um es uns mitzuteilen, wir sollen die Signale empfangen. Ich versuchte, an etwas anderes zu denken, aber der Film spulte sich in meinem Kopf automatisch ab. Das enge, kleine Jungenloch. Die Kapelle hat keine Glocken, es wird deshalb ganz still, wenn der Gottesdienst vorbei ist. Ganz still. Ich versuchte, an etwas anderes zu denken. Ich sah den Rücken und die Haare des Pfarrers. Er war groß, schlank und dunkel, Mama sprach oft über ihn, wenn der Gottesdienst vorbei war, wenn wir Arm in Arm nach Hause gingen. Er hat kluge Augen. Mir ist klar, daß er ihr gefällt. Es ist wie bei Ivar, die Augen werden ganz groß und deutlich, wenn man in Weiß gekleidet ist. Ich mußte darüber lächeln, daß ich in dem Zusammenhang an ihn dachte. Mein Gott! Huch. Habe ich es laut gesagt? Vor mir drehte sich jemand um und sah mich an.

Ich müßte bloß dem Plan folgen, dann würde sich alles regeln, dann würde alles gutgehen, habe ich immer gedacht. Aber jetzt bin ich mir nicht mehr sicher. Ich sollte gegen die Tür hämmern, ich sollte das Fenster öffnen und in den Hinterhof schreien, damit mich jemand hört. Aber was sollte ich sagen? Daß ich eingeschlossen bin? Die Leute würden mich für verrückt halten und den psychiatrischen Notdienst anrufen. Falls sie sich überhaupt darum kümmern würden. Ich denke an Kitty Genovese, die, als sie um drei Uhr nachmittags von der Arbeit nach Hause kam, von einem verrückten Mann überfallen wurde. Achtunddreißig Nachbarn in Kew Gardens hörten die Rufe und sahen das Ganze vom Fenster aus, aber niemand alarmierte die Polizei, obwohl der Mann eine halbe Stunde brauchte, bis sie tot war. Ich muß nicht mehr aufs Klo, vielleicht trockne ich aus, ist die Flüssigkeit wieder in den Körper zurückgekehrt, zu Organen, die sie brauchen. Ich denke daran, wie Edvard mich einmal in einen Schlafsack gesperrt hat, mit dem Kopf nach unten, dann war er mit Kameraden zu einer langen Radtour aufgebrochen. Damit ich nicht hinterherkäme. Ich versuche, mich zu erinnern, wie es war, eingeschnürt in dem Schlafsack zu stecken, die Luft da drinnen, sich nicht bewegen zu können. Ich weiß, daß ich mehrere Stunden darin zugebracht habe, aber ich erinnere mich nicht mehr, wie ich herauskam.

Mama stand ein wenig abseits vor dem Rasen, dort, wo die Sonne hinschien, sie rauchte und unterhielt sich angeregt mit Karin, ich sah, daß Karin nickte, beide lächelten, Mama brauchte beide Arme zum Erklären. Ich ging zu ihnen. Hei, ich habe dich drinnen gar nicht gesehen, sagte ich zu Karin. Wir umarmten uns. Sie sagte, sie sei sehr spät gekommen und habe sich zwischen zwei typische Modepüppchen gezwängt. Unni erzählt gerade, daß sie auf der Arbeit mit einem neuen Projekt beschäftigt ist. Kunst und Glaube. Ach, sagte ich, davon hast du gar nichts erzählt, Mama. Habe ich das nicht, fragte sie. Das ist ein weites Feld, sagte sie. Ja? fragte ich. Wie meinst du das? Mama sah zum Ausgang der Kapelle. Wie denkt ihr über Kunst und Glauben, fragte ich Mama noch einmal. Sie drehte sich um und sah mich an. Es geht um Hingabe, die Kunst wie der Glaube verlangen Hingabe. Es geht darum, sich dem Lebensschmerz hinzugeben. Sie sprach sehr leise, es schien, als dachte sie beim Formulieren nach, als spreche sie die Gedanken zum ersten Mal laut aus. Warum, fragte ich. Es ist der Schmerz, der uns wachsen läßt, sagte sie. Karin nickte. Was heißt denn eigentlich Lebensschmerz, fragte ich. Wächst man nicht, wenn man glücklich ist? Mama sah mich an, sie wirkte verärgert, sie sagte nichts. Sie legte den Kopf nach hinten, blies den Rauch aus und sah zum Himmel. Ich sah Karin an, sie verfolgte mit den Augen eine junge Frau, ich betrachtete die junge Frau, sie hatte einen kahlgeschorenen Kopf wie Karin. Mama schaute wieder zur Tür. Die Tür zur Kapelle ist eine normale Tür, man muß wissen, daß es da hineingeht, oder von jemandem mitgenommen werden, der sich auskennt. Der Pfarrer war herausgekommen. Er sprach mit jemandem, der aussah wie einer vom Vorstand. Er war schwarz gekleidet, trug einen dünnen Mantel, der bis kurz über die Knie reichte, und einen langen schwarzen Schal. Wo war der kleine Jungen geblieben? Mama drehte sich um und sah mich an, ernst, als ob sie in meinem Gesicht nach einer Antwort suchte, ihre Hand zitterte ein wenig. Sie ließ den Zigarettenstummel fallen, dann nickte sie sich selbst zu und lief über den Platz. Wollen wir einen Kaffee trinken, fragte Karin. Von mir aus gerne, sagte ich. Ich war müde, ich hatte Lust, nach Hause zu gehen und mich hinzulegen, den Sonntag zu verschlafen, damit bald Montag wäre, Uni, Cafeteria-Tag. Oh, Ivar. Ich denke an seine Hände, mit denen er die Tasse hält, die er mir reicht, die großen, ovalen Nägel, jedes Fingerglied, jeder Knöchel klar zu erkennen und perfekt. Wollen wir nicht auf Unni warten, fragte Karin. Mama war beim Pfarrer angelangt, wir sahen, wie sie sich begrüßten. Die drei Studenten verabschiedeten sich von ihm, sie gingen weg, der Pfarrer sah ihnen nach, sie wollten sicher ins Lorry. Mama redete, sie fuchtelte mit der rechten Hand in der Luft, ich sah, wie sie mit der linken in ihrer Tasche nach Zigaretten kramte. Das kann dauern, sagte ich und lächelte, ich schüttelte den Kopf. Ich wollte hier zwischen all den Menschen nicht nach Mama rufen. Gehen wir, sagte ich. Ich brauchte ja nicht so lange zu bleiben, Mama und ich könnten heute abend ins Kino gehen. Karin und ich gingen in Richtung Hegdehaugsveien. Ich sah auf die Pflastersteine, die verwelkten Blätter, das Gras. Ich glaube, ich spürte ein Gefühl von Trauer, von

Schwere und zugleich von einer unglaublichen Leichtigkeit, als wäre ich glücklich. Ich konnte nicht herausfinden, was es war. Ich betrachtete den Himmel und die schwache Herbstsonne. Alles war so real. Mir kam ein Gedanke, endlich hatte ich etwas Eigenes zu sagen: Wenn ich die Natur betrachte, kommt es mir immer seltsam vor, dabei an Gott zu denken. In gewisser Weise ist er in einem Raum, in einer Stimmung gegenwärtiger als in der klaren Luft, den Bäumen und Wolken. Es sah nicht so aus, als könnte Karin nachvollziehen, was ich sagen wollte. Sie stimmte mir jedenfalls nicht zu. Ich hatte Schmerzen in der Stirn, hinter den Augenbrauen, den Schläfen: das Studium, das anhaltend schlechte Gewissen.

Die Schritte durch den Park, die Bäume, die Luft, ich denke an uns, Ivar, an dich und mich, wir lehnten uns aus dem Fenster, es war kalt, es war mitten in der Nacht, wir waren beide nackt, und wir sagten nichts, wir hingen einfach nur im Fenster, auf unsere Arme gestützt, und lehnten uns hinaus, du hast geraucht, und wir betrachteten den erleuchteten Himmel im Osten der Stadt. Ich wollte dir erzählen, daß sich mein Leben plötzlich verändert hatte. Jedesmal, bevor wir uns trafen, war ich ganz sicher, daß alles kaputtgehen und aufhören würde, daß es vorbei wäre, daß keine Bewegung mehr da wäre, daß es leer werden würde und stillstehen. Doch wir standen gemeinsam am Fenster, und es tauchten ständig neue und wahrhaftigere Muster auf, draußen wie drinnen. Ich wollte dir sagen, daß all das Schöne zum Vorschein kommt, wenn du bei mir bist. Aber jetzt bist du weggefahren, und ich kann nicht mit dir reden. Vielleicht kommst du nie zurück. Oje, jetzt weine ich schon wieder, Ivar, ich bin eine richtige

Heulsuse, würdest du sagen, stimmt's? Und dann würdest du mir die Tränen von der Wange küssen, nicht wahr? Und mich festhalten, Ivar, du würdest mich festhalten, fest. Nicht wahr, das würdest du tun, Ivar? Das würdest du tun, Ivar, nicht wahr?

Ich stand vor dem Spiegel im Flur. Die Haare hingen mir ins Gesicht. Ich versuchte, sie an der Seite zu halten, ohne daß ich sie hinter die Ohren klemmen mußte und ohne daß sie mir in die Augen fielen. Du solltest sie hochstecken, sagte Mama. Sie ging hinter mir vorbei in die Küche. Wir hatten Brot mit Spiegelei zum Abendessen gehabt, ich hatte sie überredet, Betty Blue mit mir zu sehen, der Film lief wieder im Frognerkino. Dein Hinterkopf ist ein wenig flach, sagte sie, du solltest sie hochstecken, damit du den Schwerpunkt mehr nach hinten verlagerst. Sie stellte sich in den Türrahmen, um mir an ihren Haaren zu zeigen, was sie meinte, ich betrachtete sie im Spiegel. Sie drehte den Kopf hin und her und sah sich an. In der Pause einer Vorlesung hatte eine Mitstudentin einmal zu mir gesagt, ich sollte sie offen tragen. Ich hatte die Spange herausgenommen und wollte sie gerade wieder festmachen, als sie sagte, ich sollte die Haare offen tragen. Auf die Idee war ich vorher nicht gekommen. Ich sah in den Spiegel. Ich sehe netter aus mit der Spange. Nett und süß und ein bißchen hübsch. Du bist intelligent, sagte Mama plötzlich, während sie mich im Spiegel betrachtete. Es hörte sich an, als ob sie es zum ersten Mal dachte und überrascht darüber wäre. Wie meinst du das, fragte ich.

Intelligent. Sie nickte und runzelte die Stirn. Ich befestigte die Spange wie immer und zog an den Ohren ein paar Strähnen hervor, wie die Menschen in den romantischen Filmen des ausgehenden neunzehnten Jahrhunderts. Ich sah mich an. Du bist so schön und so stark, hatte Karin im Café gesagt. Du bist so klug und gebildet. Ich sah sie über den Tisch hinweg an, es war schön, so etwas zu hören. Ich lächelte ihr zu, ich erinnere mich, daß ich lächelte, aber es war nicht angekommen, es hatte keine Bedeutung, es erschien mir fast wie Hohn, so etwas zu sagen. Draußen vor dem Fenster fuhr eine Straßenbahn vorbei, ich erinnere mich an das Gesicht eines kleinen Mädchens darin, sie trug eine rote Mütze und hielt die Handschuhe wie einen Trichter zwischen ihr Gesicht und das Fenster, sie schaute nach draußen, ich erinnere mich, daß ich dachte, sie wirke verlassen, vielleicht war sie allein in der Bahn, vielleicht konnte sie den Knopf nicht drücken, wenn sie aussteigen mußte. Karin versuchte mir zu sagen, daß wir uns noch nie über Gott unterhalten hatten, daß das wohl zu komplex und zu persönlich sei. Aber daß es für sie, als Pfarrerin, wichtig sei, sich auch über Dinge äußern zu können, die unklar waren. Ich muß voller Überzeugung von Gott sprechen können, sagte sie. Ich weiß nie, was ich sagen soll, wenn die Sprache auf Gott kommt. Ich bekomme dann ein schlechtes Gewissen, weil ich nicht häufiger an ihn denke. Aber wenn ich versuche, an ihn, oder sie, zu denken, entgleitet mir alles. Es hat wohl mit dem Argument zu tun, daß Gott, wenn wir alles verstehen würden, nicht größer wäre als wir, daß wir Gott dann nicht bräuchten. Ich komme auf das Argument zurück, es ist nicht haltbar, aber es hilft eine Weile. Uff. Vergib mir, Vater, und zeige mir den rechten Weg, gib mir die Kraft zu glauben, ohne zu zweifeln. Jetzt müssen wir gehen, Mama, sagte ich und wandte mich vom Spiegel ab, die Plätze sind nicht numeriert. Ich bin noch nicht ganz fertig, sagte sie, ich beeile mich. Sie ging ins Bad, ich hörte, wie sie sich aufs Klo setzte. Es kam nichts. Mama, sagte ich. Ich stand in der leeren Wohnung, so habe ich die Räume in Erinnerung, leer, auch als wir dort noch mit der ganzen Familie gewohnt haben, es war mitten am Tag, und ich hatte mich aus dem Kindergarten geschlichen, um ihr zu erzählen, was ich mir wünschte, eine rote Schaffnertasche aus Plastik mit Papierfahrscheinen in verschiedenen Farben, sie kam mit einer Zigarette im Mund aus dem Wohnzimmer, sie sah glücklich aus, aber als sie mich erblickte, fiel ihr Gesicht in sich zusammen. Ich erinnere mich nicht mehr, was ich gesagt habe, ich erinnere mich, daß ich wieder über den Zaun zurück in den Kindergarten geklettert bin und daß niemand gemerkt hat, daß ich weg gewesen war. Mama, sage ich, kommst du? Ich hörte, wie sie ausatmete, ein Seufzer, ein paar Tropfen Pipi, sie nahm sich Klopapier, einen viel zu langen Streifen, du verbrauchst viel zu viel Klopapier, sagte ich durch die Tür. Mama, sagte ich. Ich öffne die Badezimmertür, da liegt sie, verletzt, bewußtlos, jemand hat ihr einige Haarbüschel ausgerissen, sie liegen auf der kleinen Matte, die blauen Flecken am Hals sind schwarz und oval wie der Daumen. Mama öffnete die Badezimmertür, die Hose hing noch unten. Ich habe gerade über etwas nachgedacht, sagte sie, sie löste beim Reden die Plastikhülle von einem Tampon. Worüber, fragte ich. Sie führte den Tampon ein und sah mich dabei an. Ja, sagte sie und bückte sich, um den Schlüpfer und die Hose hochzuziehen, die Hose war eng, das mochte sie gern. Ja, ich dachte, wir könnten eine Karte schreiben. Wem denn, fragte ich. Sie ging zum Spiegel und fuhr sich langsam durch die Haare, während sie nachdachte. Deinem Bruder Edvard, sagte sie. Von mir aus gern, sagte ich.

Wir liefen Arm in Arm über den Gehweg, unter den Herbstbäumen hindurch. Bist du sicher, daß dieser Film etwas für mich ist, fragte Mama. Ja, sagte ich. Es ist ein französischer Film, ein Liebesfilm. Gibt es denn ein Happy-End? Nicht so richtig, aber der Schluß ist gut, Mama, es lohnt sich unbedingt, sich den Film anzuschauen. Bist du sicher? Ja, Mama, es ist nur ein Film, man kann ihm doch mal eine Chance geben. Ich hielt ihr die Tür auf, als wir am Kino waren, Mama kaufte die Karten, bezahlte. Wir sahen uns an, als wir an der Theke mit den Süßigkeiten vorbeikamen, wir schüttelten gleichzeitig den Kopf. Heute abend nichts Süßes. Wir gingen in den dunklen Saal, ich wollte weit vorne sitzen, Mama wollte eher nach hinten. Wir setzten uns irgendwo in die Mitte, in die Mitte einer Reihe. Wir hätten weiter vorne sitzen sollen. Ich versuchte mir zu sagen, daß ich keine weitere Energie mehr darauf verschwenden sollte. Jetzt sitzt du hier, und hier wirst du sitzenbleiben, also entspann dich, sagte ich mir. Du bist zumindest nicht angekettet. Ich mußte darüber lachen, wie ich mich tröstete. Ich dachte an die Anfangsszene des Films, Karin sagte, sie sei aufgestanden und gegangen, die hörten ja überhaupt nicht mehr auf, sagte sie, und dann die ganzen Strandhäuser, die sie anmalen wollten, das sind die besten Bilder, die besten Teile, ich liebe sie einfach, die aufgebrachte Betty, die alles aus dem Fenster wirft und mit den Koffern die Treppe herunterkommt, abreisebereit, und ich denke, das bin ich.

Ihr Gesicht, sie bekam nicht genug Luft, sie atmete nicht in den Bauch, sondern stand mit offenem Mund da und versuchte, den Mund wieder zu schließen. Ihre Hände zitterten, es kostete sie viel Anstrengung, die Zigarette anzuzünden. Das war nicht besonders nett von dir, sagte sie. Du wußtest, daß das nichts für mich ist. Sie setzte sich in Bewegung. Mama, sagte ich und blieb stehen. Ich wußte nicht, was ich sagen sollte, sie war nie böse, schimpfte nie, sie war eine Mutter voller Verständnis und meistens nachsichtig, eine gute Pädagogin. So war es nicht gemeint, sagte ich. Ich hatte geglaubt, er würde dir gefallen, jedenfalls der Anfang. Sie wandte sich ab und schrie. Der Anfang! Weißt du was, Johanne! Weißt du denn, was Liebe ist? Hast du überhaupt eine Vorstellung davon, was Liebe sein kann? Sex ist nicht das gleiche wie Liebe, du kannst nicht deine Brüste vorzeigen und glauben, die Männer würden dich dann lieben. Sie machte einen Schmollmund und kniff die Augen zusammen, ich sah, daß sie versuchte, sich über Betty lustig zu machen, aber es kam mir vor, als wollte sie mich nachahmen. Der Film zeigt ein erbärmliches Frauenbild, sagte Mama. Was hat das Mädchen denn anderes zu bieten als ihren Körper, sie ist ein Spiegel für die Männer, sagte Mama, und falls es das ist, was du für Liebe hältst, dann Willkommen in der Welt, Kleines. Dieser Film weiß nichts über Frauen und ihre Sexualität, nichts. Sie rauchte ein paar Züge. Menschen, die aus dem Kino kamen, gingen an uns vorbei, sie sahen Mama und mich an. Ich wußte nicht, was ich sagen sollte, sie hatte sicher recht, ich hätte wissen müssen, daß das kein Film für sie war. Liebesfilm, sagte Mama. Das ist Sex, verdeckte Gewalt und Mißbrauch. Totschlag, sagte Mama, und du wußtest das, sagte sie, du hast mich hineingelockt. Das war nicht nett von dir. Mir schien, daß der Klang ihrer Stimme an der Wand kleben blieb, daß der Klang dort festsaß und immer dort bleiben würde, daß ich ihn hören würde, wenn ich später daran vorbeiging, Mamas Stimme, die mich anschreit, sich zwischen den Wänden hin und her bewegt, wie das Geräusch eines Hubschraubers, der langsam über einen Berg fliegt und dem nichts entgeht. Ich kann nicht akzeptieren, daß du mich reinlegst, sagte Mama. Ich weiß nicht, ob sie jemals zuvor so wütend war. Ich dulde viel, sagte sie, du weißt, daß ich viel dulde, aber das hier dulde ich nicht. Was willst du damit sagen, fragte ich. Sie antwortete nicht. Ich dachte an meinen Plan, meine finanzielle Situation, die Zukunft. Hatte ich alles kaputtgemacht, indem ich sie mit in den Film genommen hatte? Vielleicht mußte ich schon jetzt zu Hause ausziehen und Studienförderung beantragen, und vielleicht werde ich niemals genug Geld für eine Wohnung haben. Meinst du, daß aus dem Hausbau nichts wird, fragte ich. Mama sagte nichts, sie sah mich nur an. Ich weiß es nicht, sagte sie, ihre Stimme war leise und schwach. Vielleicht, vielleicht nicht. Ich ertrage einfach nicht noch mehr Manipulation, sagte sie. Ich will, daß alles aufrichtig ist. Was soll aufrichtig sein, fragte ich. Das, was wir einander sagen, soll aufrichtig sein, sagte sie. Was ich sage, soll aufrichtig sein, und was du sagst, soll aufrichtig sein. Gott bewahrt unsere Taten in seinem Herzen, Johanne. Niemand soll mich mehr täuschen, sagte sie. Nicht einmal du. Sie drehte sich um und ging davon. Sie ging langsam, plötzlich wirkte ihr Rücken gebeugt und rund, und sie tat mir so leid, sie sah so klein aus und allein. Mama, rief ich ihr nach, aber sie drehte sich nicht um. Ich habe dich nie anlügen wollen. Ich will doch einfach nur nett sein, dachte ich. Ich versuche wirklich, nett zu sein, Mama. Aber vielleicht bin ich es nicht. Vielleicht bin ich von außen völlig anders, als ich mich selbst sehe. Vielleicht bin ich ganz schrecklich, ein elendes Wrack. Ein abscheulicher Fleischkloß, boshaft und berechnend. Es ist ja berechnend von mir, Mama auszunutzen, so von ihrem Geld zu leben. Mein Plan, mein ganzes Leben ist berechnend, und selbst wenn ich sterben sollte, rechne ich damit, in den Himmel zu kommen. Du bist falsch und nutzt andere aus, Johanne, sie hat recht, wenn sie sagt, daß du nicht nett bist. Ich ging ein paar Schritte hinter ihr her, bevor ich innehielt, sie war am Frognerveien angekommen und ging nach rechts, und dann konnte ich sie nicht mehr sehen. Ich blieb stehen. Es stimmt, du bist ein Schwein, Johanne, ein Schwein, du suhlst dich im Essen und im Geld anderer. Aber sie will es ja auch. Sie sagt, daß sie es will, sie will, daß ich bei ihr wohnen bleibe. Sie redet von dem Hausbau, es war ihre Idee. Mich fröstelte ein wenig, ich lief weiter. Ich mußte akzeptieren, daß ich keine überzeugenden Argumente hatte, außerdem stimmte es, daß ich überlegt hatte, ob ihr der Film gefallen würde. Mein Rücken schmerzte, er war steifer als sonst, ich versuchte, ihn beim Gehen ein wenig zu strecken, das tat weh und half nicht.

Ich ging die breite Frognergate entlang bis zum Vestkanttorv, ich stieg die Stufen am Kindergarten hoch und lief durch die Professor Dahlsgate, ich fror sogar beim Gehen, aber das geschah mir recht. Ich dachte an die anderen im Studium, an Karin, die in der Studentensiedlung Kringsjå wohnte, sie schaffte es ja auch. Aber es scheint, als besäßen sie eine Kraft, die ich nicht habe, dachte ich, sie haben irgendwie genug Kraft, es zu schaffen. Ich bin anders, ich bin nicht wie sie, da ist etwas, das mir fehlt, ich habe ein Loch, es gibt ein Loch in mir, aus dem die Kraft nur so herausfließt, es nützt nichts, zu vergleichen. Bei Mama zu wohnen und später in dem Haus, das war mein Geheimnis, das sollte mir helfen, so helfen, daß das Loch nicht auffiel und daß ich es genausogut schaffte wie all die anderen Mädchen. Das Haus mit den zwei gelben Flügeln und dem runden Fenster, das ich im Kopf habe, Clematis und Geißblatt an der Küchenwand, die Sonne in den Blättern der großen Bäume, laubförmige Sonnenflecken fielen durch die Fenster auf die Fußböden in den Zimmern. Stille, Frieden und Ruhe. Keine weiteren Ansprüche, keine Abzüge vom Lohn, um es zu bezahlen. Ohne das Haus wird es zu schwierig. Ich schaffe es nicht, ich werde es nie schaffen, dachte ich. Ich dachte an Watson und die Psychologie, Watson und die Blackbox in den zwanziger Jahren, die Blackbox ist der Organismus, das sind wir, aber Watson war nicht an dem interessiert, was in uns geschah, weil das, was dort geschah, niemals hinreichend zufriedenstellend in einer Versuchsanordnung gemessen werden könnte. Für ihn war wichtig, herauszufinden, welcher Stimulus die adäquate, die gewünschte Reaktion hervorrief. Das war meßbar und gut, meinte er. Ich ging die Josefinesgate entlang Richtung Bislett. Ich dachte an mich als Blackbox und ebenso an Mama. Es kam darauf an, den Stimulus zu finden, den Mama brauchte. Eine leise, sanfte Stimme und eine große, richtige Umarmung. Beteuerungen. Ich dachte an die weißen Bögen mit Zeichnungen, Skizzen von unserem zukünftigen Haus, die ich für uns angefertigt hatte, sie hängen an der Wand im Flur, leuchten in der Nacht, strahlen mich an, wenn ich aufstehe, um zum Klo zu gehen. Ich lehne mit dem Rücken an der Tür, ich erinnere mich, daß ich mir an dem Abend gewünscht hatte, eine derartige Konstruktion zu sein, ein Fachwerk auf einem großen Stück Papier, durchscheinend und echt. Dann könnten wir unsere Bögen aufeinander legen, Mama und ich, und wir könnten erkennen, wo die Striche unterschiedlich verlaufen, und wir könnten ein Radiergummi nehmen und sie korrigieren.

Ich ging den Bergsti hinauf. Die Straßenlaternen warfen zarte, gelbe Ringe auf den Asphalt und die Häuserwände. Ich bog um die Kurve und sah zur Kirche hinüber. Sie war beleuchtet. Ein heiliger Treffpunkt. Ich frage mich, warum ich keine Angst hatte. Jetzt bekomme ich plötzlich furchtbare Angst, direkt neben dem großen Friedhof, wo spät abends so viel passiert. Wenn ich jetzt daran denke, erinnere ich mich nur, daß ich lächelte, obwohl der Rücken weh tat und Mama so böse war. Ich war nur glücklich. Oder besser gesagt: Es gab einen separaten Ort in mir für Ivar, und da, genau da, befand ich mich jetzt. An diesem guten Ort war ich glücklich. Es fing an zu regnen, wenige Tropfen, ich stand unter den großen Bäumen und lächelte:

Dann war ich wieder dort. Ich überlegte, ob die Kirche offen war, ob es möglich war, hineinzugehen. Ich ging durch das Tor in der Einfahrt auf die Tür zu. Sie war verschlossen. Ich trat aus dem Tor und entdeckte einen Anschlag in einem Schaukasten außerhalb der Umzäunung, demzufolge die Kirche jeden Tag von zehn bis zwölf geöffnet war. Ich drehte mich um und dachte, daß er jetzt vorbeikommen könnte, jetzt, wo ich alleine war. Wenn ich gewußt hätte, wie er weiter hieß, hätte ich im Telefonbuch nachschauen und die genaue Adresse herausfinden können, dachte ich. Was hatte Mama gesagt? Zerstörte Hoffnungen. Nein, Ivar war gut, ich würde die zerzausten, braunen Haare erkennen und ihn küssen, die Sommersprossen, das freundliche Lächeln. Wir brauchten nicht miteinander zu schlafen, wir könnten uns erst mal besser kennenlernen, vertraut werden, die Beziehung aufbauen. Das mit dem Sex ist überbewertet, dachte ich, man schenkt ihm viel zu viel Bedeutung. Wichtig ist die Liebe, ich stellte mir vor, wie ich vielleicht eines Abends bei Ivar zu Hause wäre und aus dem Fenster schaute und dies sah, ich würde am Fenster stehen und die Kirche und das Mädchen betrachten, das unter den Bäumen neben dem Tor wartete, und sie wäre nicht mehr allein. Ich machte mich auf den Heimweg. Die ganze Zeit horchte ich, ob ich Schritte hinter mir hörte, einen atemlosen Mann mit Sommersprossen und Regen im Gesicht. Ich fing an, darüber nachzudenken, daß ich viel zu wach war. Jetzt liegst du wach, und auf diese Weise kannst du morgen nicht richtig lernen, weil du einfach einnickst. Was machst du hier, Johanne, was bildest du dir ein? Was zum Teufel bildest du dir eigentlich ein, fragte ich mich.

Ich versuche, den Mund aufzumachen, aber es ist, als wäre meine Zunge zu groß, meine Zunge ist geschwollen, als hätte ich einen Penis falsch herum im Mund, denke ich, ein großes, geschwollenes Organ, das in mir festhängt. Ich schließe die Augen, und als ich sie wieder öffne, ist es weg, ich bin wie zuvor, es muß ein Traum gewesen sein, ich bin sehr durstig und muß wieder pinkeln, dieses Mal nehme ich den Papierkorb, ich leere den Abfall in die Ecke hinter der Tür und setze mich.

Mein Schlüssel hatte gepaßt, ich hatte mich um den Alarm gekümmert, bevor ich aufschloß, es ist ein kleiner Schlüssel, der den elektrischen Schalter aktiviert, und von da an habe ich zehn Sekunden Zeit, um hineinzugehen, die Tür zu schließen und von innen den Hebel herunterzudrücken. Wir haben ihn zum Glück noch nie wirklich gebraucht. Das Deckenlicht im Flur war an, ich schaltete es aus, ich mag das grelle Licht von oben nicht, es nimmt den Dingen das Leben, und seine Schatten sind nicht schön. Ich konnte nicht sehen, ob Mama das Licht hinter dem Vorhang gelöscht hatte, ich zog die Jacke aus, ich mußte in die Küche, den Fuß auf die Bank stellen und das Knie beugen, um die Schnürsenkel aufzuziehen. Ich ging ins Wohnzimmer und klopfte an die Wand neben dem Vorhang. Es verstrich einige Zeit. Dann hörte ich ein Ja. Sie hörte sich erschöpft an. Sie war immer noch traurig über die Sache mit dem Film. Ich hoffte mit meinem ganzen Körper, daß alles gut werden würde. Allerliebste Mutter. Ich zog den Vorhang so weit zur Seite, daß ich daran vorbeikam. Sie saß im Nachthemd aufrecht in den Kissen und las, sie blickte unverwandt in das Buch. Warum will ich sie ständig zu Veränderungen drängen, Dingen, die sie nicht mag? Ich hätte sie niemals mitnehmen dürfen. Ich wüßte nicht, wie ich es ohne sie schaffen sollte. Niemand wird das glauben, denn nach außen kann es so aussehen, als ob ich alles schaffe. Das Studium, Gespräche, meine Haare sind lang und rot und lockig, viele sagen, sie seien schön, was braucht man mehr? Wenn man einigermaßen hübsch aussieht und intelligent ist? Ich fühlte es kommen, aber ich wollte nicht weinen, wenn Mama zusah. Sie hatte mit einem neuen Buch angefangen, sie mußte mit dem schwedischen fertig sein, ich konnte nicht erkennen, was dies für eins war. Sie las weiter, ich trat näher ans Bett, ich wußte nicht, ob ich mich irgendwo hinsetzen sollte, aber ihr Bett ist so hoch, darunter hat sie auf den zwei Seiten, die die Wand nicht berühren, Bücherregale. Sie sah von dem Buch auf, mit hochgezogenen Augenbrauen betrachtete sie mich. Ja? sagte sie. Bist du noch böse auf mich, fragte ich. Sie schaute wieder in das Buch. Ja, sagte sie, aber sie hörte sich vor allem traurig an. Traurig und müde. Ich war heute nach der Kirche oben bei Mutter, nachdem du plötzlich verschwunden warst, ich hatte gedacht, wir könnten das zusammen machen, du weißt, wieviel Überwindung es mich kostet, dorthin zu gehen. Ja, sagte ich. Es geht ihr nicht gut, sagte Mama. Wie meinst du das, fragte ich. Ihr ist immer noch schwindlig mit den neuen Medikamenten. Ich habe ihr gesagt, daß sie sich ein Notfunkgerät anschaffen sollte, sagte Mama. Ja, sagte ich, das hört sich vernünftig an. Mit Rücksicht auf mich. Sie könnte es meinetwegen tun. Ich habe immer Angst, daß sie einfach daliegen könnte. Puh, ich wage nicht einmal daran zu denken, sagte sie. Ich sah Großmutter vor mir auf dem Fußboden liegen, den kurzen, rundlichen Körper. Soll ich mit ihr reden, fragte ich. Mama sah mich lange an, ernst, ohne zu antworten. Sie sah sehr erschöpft aus. Wenn du das tun könntest, sagte sie leise, wärst du ein Engel. Das kann ich gerne tun, sagte ich. Oh, sagte Mama, danke. Sie trocknete sich die Augen, sie tränen oft ein bißchen, wenn sie liegt, sie setzte die Lesebrille ab und benutzte den äußersten Rand ihres Nachthemds, ich sah, daß es schwarze Streifen bekam von der Augenschminke, die sie nicht abgewaschen hatte. Ich kann morgen direkt von der Uni aus hinfahren, sagte ich. Ich fahre einfach kurz mit dem Rad vorbei. Du bist ein Schatz, sagte Mama und lächelte müde. Ich weiß nicht, was ich ohne dich machen würde.

Ich lag auf dem Hochbett und sah zur Decke, ich versuchte, tief in den Bauch zu atmen, um zu sehen, ob das den steifen Rücken lockert. Ich sah eine Wange vor mir, die jemand mit einem Messer aufgeschlitzt hatte, sah, wie das Fleisch herausquoll, wie wenn man einem Fisch den Bauch aufschneidet. Dann dachte ich an Martha und Maria, Maria saß Jesus zu Füßen und hörte ihm zu, während Martha im Haushalt arbeitete. Es ist so leicht, bei dieser Erzählung zustimmend zu nicken, daß es Maria ist, die das Richtige tut, indem sie Gottes Wort anhört, sie läßt fallen, was sie in den Händen hält, und kommt zu ihm.

Dennoch mußte ich an Martha denken, wie es gewesen sein muß, in ihrer Haut zu stecken, ihre ganze Arbeit, war sie denn wertlos, ihre Art, ihre Hingabe zu zeigen, durch die konkrete Mahlzeit, die physische Zuwendung, sollte das gar nicht zählen, dachte ich. Ich sah mich in der Tür des schattigen Backsteinhauses stehen. He, Martha, würde ich sagen. Wie gut dein Brot riecht. Danke, ja, ich würde sehr gerne ein wenig Suppe essen. Wir würden uns an den langen Tisch setzen. Martha würde mich vorsichtig anlächeln. Ich würde ihr sagen, wie gut sie ist, ich mußte Karin bitten, mir das auf Hebräisch beizubringen. So konnten Jesus und Maria einfach da sitzen.

Als ich einschlief, stand ich neben dem runden Fenster in unserem neuen Haus und sah hinaus. Überall war Sand. Das Haus stand auf dem Meeresgrund. Vor dem Fenster war Wasser. Es kamen Leute angeritten, ich hörte sie schon von weitem, oder war es ein Hubschrauber? Ich versteckte mich ganz oben im Kleiderschrank. Ich rollte mich zusammen und hoffte, sie würden mich nie finden.

Die Sonne fällt schräg durch das vergitterte Fenster und weckt sie, das linke Fußgelenk an der Kette ist geschwollen, sie sucht eine Stelle auf dem Kissen, wo das ganze Gesicht in der Sonne liegen kann und schließt die Augen, versucht, nicht an das zu denken, was ihr an diesem Tag bevorsteht, binnen kurzem wird die Sonne viel zu heiß sein. Ich sah das grelle Licht an der Häuserwand gegenüber, auf der anderen Seite des Hinterhofs, es schien kräftig in meine noch müden Augen, sie tränten ein wenig. Montagmorgen, kurz nach halb sieben, um halb acht fahre ich immer mit dem Rad von zu Hause los. Ich mußte jetzt aufstehen. Ich wollte mich aufsetzen, wurde aber von meinem steifen Rücken gebremst. Ich mußte mich auf die Seite legen, auf den Bauch rollen und die Beine herausschwingen, dann konnte ich hinunterklettern. Beim Duschen dachte ich darüber nach, was ich kurz vorm Aufwachen geträumt hatte, ich besaß die Schlüssel zu einer pharmazeutischen Fabrik, nachts schloß ich die Tür auf und stahl mich hinein, lief lange Flure entlang, es erinnerte an eine Schule, ich schloß den Materialschrank auf und stahl kleine durchsichtige Tüten mit Tabletten, Rohypnol und Vival, Morphiumpräparate. Einmal wäre ich beinahe von einer Reihe anzugtragender Herren erwischt worden, sie kamen aus einer Besprechung. Ich versteckte mich hinter einer Tür. Ich versuchte zu verstehen, was der Traum bedeutete. Ich habe noch nie Betäubungsmittel genommen. Ich habe noch nie mit Stoff oder Medikamenten experimentiert. Zu Hause nehmen wir so gut wie nie eine Tablette, alles ist psychisch bedingt, wenn es dir schlecht geht, dann, weil du mehr Aufmerksamkeit und Fürsorge brauchst, als du bekommst. Als kleines Kind war ich im großen und ganzen gesund gewesen, aber Edvard war einige Male so krank geworden, daß er mit dem Krankenwagen ins Krankenhaus gebracht werden mußte. Vielleicht habe ich alle Aufmerksamkeit auf mich gezogen, die er hätte haben sollen. Ich hörte Mama in der Küche, sie setzte Kaffee auf, ich drehte die Dusche ab, ich mußte mich beeilen. Mein Zeitplan ist morgens so gedrängt, daß ich keine Zeit habe, meine Gedanken schweifen zu lassen. Ich mußte mich auf das konzentrieren, was zu tun war, mußte mehr Kaffee kochen für die Thermoskanne, Brote schmieren zum Mitnehmen, etwas essen, und überlegen, wie ich das alles am effektivsten bewältigte, den Kaffee aufsetzen, bevor ich die Brote schmierte und aß. Mama saß im Wohnzimmer und hatte die Zeitung über dem Couchtisch ausgebreitet. Hei, sagte ich. Sie antwortete nicht. Ich blieb in der Tür zum Wohnzimmer stehen. Mama, sagte ich. Ich wartete darauf, daß sie mich anschaute. Wenn ich bei Großmutter vorbeischauen soll, schaffe ich es nicht, zum Abendessen wieder zu Hause zu sein. Sie las weiter. Nimm dir Geld aus dem Portemonnaie, sagte sie, dann kannst du dir in der Cafeteria was zu Essen kaufen. Prima, sagte ich. Danke.

Als ich mit dem Rad Richtung Majorstua fuhr, betrachtete ich die schönen Farben der Bäume. Danke, Vater, für diese klaren, kalten Herbsttage. Die Welt ist so unendlich schön. Ich wußte, daß ich bald mit großer Sicherheit Ivar sehen würde. Und das ist genug, dachte ich, ihn zu sehen, ihn in mich aufzunehmen, ganz vorsichtig und rücksichtsvoll. Ich fror an den Fingern. Vielleicht sollte ich mir für den Fünfzigkronenschein ein paar Handschuhe kaufen. Aber jetzt war Flohmarktzeit, und ich könnte nächsten Samstag auf einem vorbeischauen und für nur wenige Kronen Handschuhe kaufen, vielleicht sogar welche aus Leder. Ich überlegte, was ich mit den fünfzig Kronen alles machen könnte. Ich könnte sie aufs Sparbuch tragen, wo ich für eine eigene Wohnung spare, falls aus dem Hausbau nichts wird. Ich könnte auch künftig weniger essen und den Teil des Geldes, den ich sonst fürs Essen ausgegeben hätte, auf das Konto einzahlen, schließlich kaufte ich in der Regel mit Mamas Karte ein, sie würde nichts merken, die Summe bliebe ja die gleiche. Ich überlegte, wieviel Geld ich eigentlich für eine Wohnung benötigte. Das schaffst du nie, Johanne. Ich versuchte, den Rücken ein wenig zu beugen, um ein paar mal kräftig in die Pedale zu treten, aber er war immer noch gleich steif. Ein Glück, daß ich überhaupt radfahren konnte.

Ich sehe vor mir, wie Ivar im Flugzeug sitzt. Es ist nur ein Bild in meinem Kopf, sein Körper angewinkelt auf dem Sitz, ohne Geräusche und Farben, er spricht nicht mit mir, er sieht nicht, daß ich ihn in Gedanken sehe, daß ich dort neben ihm sitze und bin. Dort hätte ich sitzen sollen, und wir hätten uns zum Fenster beugen und die Wolken betrachten können. Er hatte einen doppelten Kopfhörer für seinen Discman gekauft, damit wir auf dem Flug gemeinsam Musik hören konnten, seine glückliche Stimme, als er ihn mir zeigte, sieh mal, Johanne, hier. Vielleicht setzt er ihn jetzt auf, lehnt den Kopf nach hinten, schließt die Augen, hört Musik. Er lächelt die Stewardeß an, die ihm Essen und Kaffee bringt. Er sieht so glücklich aus, allein. Vielleicht vermißt er mich überhaupt nicht. Vielleicht ist er einfach nur erleichtert, daß er mich los ist, er ist jetzt frei.

Es ist dunkel am Eingang zum Lesesaal, ich weiß nicht, ob es an der niedrigen Decke liegt oder ob hier zu wenig Licht ist. Ich stellte mich ans Treppengeländer und versuchte, ruhig zu wirken, obwohl mir warm war nach den vielen Steigungen mit dem Fahrrad. Ich kannte ein paar Leute vom Sehen, sie waren in der Regel auch immer kurz vor Öffnung da, am liebsten noch ein bißchen früher. Der Typ mit dem rotkarierten Hemd kam die Treppe hoch, den blauen Fahrradhelm in der Hand, den Nylonsack über der Schulter, die borstigen, blonden Haare standen nach oben ab. Er ging immer durch die Glastür bis vor zur Schwingtür, und obwohl wir schon zu mehreren vor ihm da waren und eigentlich weiter vorne in der Schlange standen, ging er ganz durch bis an die Schwingtür zum Lesesaal und lehnte die Stirn eine Weile dagegen, als Gruß gewissermaßen, oder vielleicht erhielt er seinen Segen oder Vergebung, bevor er sich umdrehte und sich mit dem Rücken an die Tür lehnte und ausatmete. Er kommt immer im letzten Augenblick, verschwitzt und außer Atem, direkt nach ihm kommt dann der Mann mit dem Schlüssel, er schließt auf, und wir alle, die wir auf dem Treppenabsatz herumgestanden hatten, schlenderten hinein und setzten uns auf unsere Plätze. Es sind nicht unsere Plätze, aber ich denke, daß sie uns gehören, wir nehmen sie ein und gebieten über den Lesesaal, bis neun Uhr. Dann kommen all die anderen, ich versuche, mir nicht vorzustellen, wie sie leben, lange Abende, Freunde, Studentenzimmer und laute Musik. Vielleicht eine Wohngemeinschaft, in die Küche kommen und ein Gesicht sehen, das man kennt, ein Lächeln, Lachen, Tee aufsetzen, reden, reden. Aufreibende Streitereien mit dem Freund oder der Freundin, knallende Türen. Tage, die einfach verlaufen, wie sie verlaufen, ohne daß man sich etwas vornimmt. Das Schlimmste ist, daß sie es schaffen, überlege ich. Sie treiben einfach dahin, und es geht gut. Ich weiß, daß ich nicht so bin. Ich muß mich anstrengen für Dinge, die für andere selbstverständlich sind. Ich muß auf der sicheren Seite sein. Jeden Tag muß ich den Kurs halten und nicht davon abweichen, es sind die kleinen Schritte, die zählen, die Schritte geradeaus. Die Kapitel auf der Leseliste, durch die ich mich mühsam durcharbeite. Jeden Tag. Etwas anderes tun, hieße, einen kleinen Schritt zur Seite machen. Dann käme noch ein kleiner Schritt und noch einer und noch einer. Ich käme völlig aus dem Gleichgewicht und würde niemals Psychologin werden. Was diejenigen zeigen, die erst um neun Uhr in den Lesesaal kommen, oder vielleicht noch später, ist Wagemut. Sie spielen mit dem Leben, mit ihren Chancen. Für mich ist das Studium ein hauchdünner Faden, auf dem ich balanciere, und auf der anderen Seite, dann, wenn ich fertig bin, beginnt das Leben. Wenn ich da stehe, alles gut überstanden habe, mit glänzendem Abschlußzeugnis, glänzenden Ergebnissen, dann, stelle ich mir vor, bin ich frei. Das sind alte Gedanken, Johanne, so bin ich, das habe ich schon tausend Mal in die blauen Kladden geschrieben. Mama sagt, daß sie großen Respekt vor der Integrität anderer hat, daß sie zum Beispiel niemals in den blauen Chinakladden mit den festen Deckeln blättern würde, in denen ich meine Gedanken festhalte. Es ist, als würde in den Büchern eine Stimme wohnen, ein Gesprächspartner, jemand, der nicht selbst sichtbar wird, sondern in dem zum Vorschein kommt, was ich schreibe, wie ich es schreibe, es ist eine Stimme, die mich wirklich gern hat, die zuhört.

Ich saß im Lesesaal und nahm das Entwicklungspsychologiebuch, es ist chaotisch und unübersichtlich, Piaget ist langweilig, ich glaube an seinen Grundgedanken, an Assimilation und Akkomodation, den Gleichgewichtsgedanken, daß wir beim Lernen ein Gleichgewicht anstreben und daß wir wissensdurstig sind, daß sich in uns eine Instanz befindet, die uns vorantreibt, aber ich mag seine Stadien nicht. Ich mag den schematischen Ansatz nicht, seine Kategorien. Deshalb gefällt mir Piaget nicht, wenn ich die Gelegenheit dazu hätte, würde ich ihn bespucken für das, was er mit dem Leben gemacht hat. Es skizzieren, zurechtstutzen. Ich stellte fest, daß ich die kleine Lampe über dem Tisch nicht angeschaltet hatte, als ich den Knopf drückte, fiel ein anderes Licht auf das Buch, es war warm und angenehm. Ich versuchte, tief in den Bauch zu atmen, ich richtete mich auf und blickte über die leeren Plätze. Ich blinzelte mit den Augen, der ganze Lesesaal war gelblicher Dunst. Ein warmer Sandstrand. Irgendwo klirrte es, draußen auf dem Gang zwischen den verschiedenen Abteilungen des Lesesaals sammelte jemand das Besteck und die Tassen ein, die zur Kantine gehörten, der kleine Servierwagen mußte aus Stahl sein, ich hörte es jedesmal, wenn etwas darauf abgestellt wurde, ich blieb sitzen und lauschte. Ich sah auf den Gang, ich wartete darauf, daß jemand zwischen den Trennwänden zum Vorschein kam. Die weiße Jacke, das braune zerzauste Haar. Ja! Da war er. Ivar. Unsere Blicke trafen sich. Es war, als könnte er mir ansehen, daß ich das ganze Wochenende über an ihn gedacht hatte. Ich beugte mich über das Buch und betrachtete das Bild, ein Kind nur in Windeln und Sandalen lief auf einer Straße an parkenden Autos vorbei und zog an einer Schnur eine Spielzeugente hinter sich her. Sleeping and Waking hieß die Überschrift dieses Abschnitts. Stehen hier noch irgendwelche Tassen? fragte er hinter mir. Ich hatte seine Schritte auf dem dünnen Teppichboden nicht gehört, er lehnte fast den Kopf auf die Stützen an meinem Platz, als er mich ansah, er lächelte. Ich schüttelte den Kopf und spürte, wie ich errötete. Er blieb noch einen Moment stehen, ohne etwas zu sagen, wir sahen uns an, dann winkte er kurz mit der linken Hand und lächelte noch einmal, bevor er weiterging. Er ging so ruhig, als hätte er alle Zeit der Welt. Und die hat er wohl auch, dachte ich, er, der nicht studiert. Er blieb bei niemand anderem stehen. Ich lächelte. Ich sah auf die Uhr, es war noch eine Stunde bis zur ersten Vorlesung. Mir wurde plötzlich ganz warm, ich mußte den Pullover wegnehmen, den ich mir beim Lesen immer über die Schultern lege. Ich hörte, wie der Servierwagen über den Mittelgang und durch die Schwingtür gezogen wurde, dann den kleinen Ruck an der Türschwelle, anschließend konnte ich ihn nicht mehr hören. Ich beugte mich über das Buch, im nächsten Kapitel ging es um das Gehirn. Es enthielt eine Zeichnung, die die Entwicklung der Neuronen im Cortex von der Geburt bis zum Alter von zwei Jahren zeigte. Das Ganze sah aus wie ein Wald, zuerst spärlich mit vereinzelten Ästen durchsetzt, bevor es sich dann mit Zweigen überall verdichtete. Ich überlegte, daß ich in unserem Haus die Verantwortung für den Garten haben würde. Ich dachte an Apfelbäume und Birnen, Blätter, sein Gesicht, die Sonne, Ivar, der über den Rasen auf mich zukommt. Ich würde in der Bibliothek Gartenbücher ausleihen, wenn ich das Examen hinter mir hatte. Ich mag Kletter- und Schlingpflanzen, an den Säulen vor dem Hauptflügel wird Wilder Wein wachsen, das ist klassisch und schön. Einfach hierherkommen, sich hinstellen und mich unterbrechen. Ich konnte nicht weiterlesen, jedes Wort in dem Buch war plötzlich wie ein Code für seinen Namen. Auf einer rechteckigen Fläche vom Brustkasten bis zum Nabel fehlte mir die Haut, es brannte. Er hätte darauf Rücksicht nehmen sollen, dachte ich. Mit diesen Augen, die den Eindruck erweckten, er empfände Zärtlichkeit für die ganze Welt. Und dabei lief er einfach hier herum und brachte alles durcheinander. Ich versuchte weiterzulesen: Es gibt drei Hauptgruppen von angeborenem Temperament. Das Temperament ist das einzige, was einem Menschen angeboren ist, darauf haben sich die Wissenschaftler einigen können, der Rest, meinen sie, hinge in verschiedenem Maße von der Umgebung ab. Man unterteilt Säuglinge in einfache, schwierige oder slow-to-warm-up. Die langsamen Kinder haben in der Regel ein niedriges Aktivitätsniveau, sie wirken schläfrig, passen sich langsam an, sind anfänglich eher abweisend und tendieren dazu, weniger gut drauf zu sein als die einfachen Kinder. Dann scheint sich das Temperament des Kindes dem der Mutter anzupassen. Falls die Mutter vom Typ her eher hektisch und ungeduldig ist, besteht für das langsame Kind die Gefahr, daß es nur selten warm wird, bevor die Mutter wieder aufgibt, und das Kind wird meist nicht ausreichend stimuliert. Die drei Temperamentstypen werden anhand einer Zeichnung illustriert, die einen Säugling bei der Nahrungsaufnahme zeigt. Das Kind sitzt im Kinderstuhl mit einem Lätzchen um den Hals. Die Zeichnung zeigt eine Hand, die das Kind mit dem Löffel füttert. Das einfache Kind lächelt und sperrt den Mund auf. Der Löffel befindet sich im Mund des Kindes. Das schwierige Kind fuchtelt mit den Armen, das Gläschen mit der Babynahrung ist umgestürzt, das Essen verschüttet, das Kind hochrot im Gesicht, der Mund weit aufgerissen, das Kind schreit. Das langsame Kind dreht den Kopf weg. Mir fiel ein, daß Mama behauptet hatte, ich hätte als kleines Mädchen viel gelächelt. Vielleicht stimmt das. Ich sah, wie Mama mit dem Kopf wackelte, die Haare wackelten vor ihrem Gesicht hin und her, zwischendurch konnte ich die Augen sehen, sie waren nicht mehr blau, sie waren grau. Ich versuchte, vor mir zu sehen, wie ich mit offenem Mund da saß. Es gelang mir nicht. Ich sah das Mädchen ans Bett gefesselt daliegen. Die Sonne schien, sie schwitzte an den Brüsten, in der Leiste. Ein Mann stand in der Tür, er war schlank und hatte lange rote Haare und einen Ohrring. Irgend etwas stimmte nicht. Ich wußte nicht, was es war.

Plötzlich stand ich von meinem Stuhl auf, ich mußte lächeln, daß ich nicht schon früher daran gedacht hatte, es in Erwägung gezogen, das Für und Wider abgewogen. Ich stand einfach da und überlegte, daß ich ihn ernst nehmen sollte, meinen Körper, wenn er nicht sitzen mochte, gab es wohl etwas anderes, was er lieber wollte. Ich wußte, daß ich ein paar Münzen in der Tasche hatte, ich verließ den Lesesaal und ging die Treppe hinunter, am Eingang zur Kantine blieb ich stehen. Ich sah mich um. Sitzgruppen, Trennwände und Grünpflanzen. Ich spürte, daß ich nicht genug Kraft hatte. Vater, ich weiß, daß du überall bist, also auch hier, betete ich. Mir fiel ein alter Film ein, den ich im Fernsehen gesehen hatte, als ich noch klein war, über griechische Götter, die Gestalten bewegten sich auf Schienen durch den Raum, die Mechanik quietschte und knarrte, ich weiß noch, daß es mir Angst machte. Ich versuchte mir vorzustellen, ich wäre eine dieser Gestalten auf Schienen und würde vorwärtsgeschoben von dem, was ich machen sollte. Johanne, du willst doch bloß einen Kaffee trinken. An den Tischen am Fenster saßen ein paar Studenten. Direkt vor der Theke saßen fünf Mädchen an einem Tisch. Man hörte sie bis hierher. Sie sprachen abwechselnd, in kurzen Abständen lachten alle fünf los.

Hei. Er sagte es mit einer Stimme, die fröhlich klang, fast überrascht. Zwischen uns war die Theke. Er lächelte und sah mich an, wenn er mich so anschaute, war es, als könnte ich die Konturen meines Körpers spüren, ganz rund, als wäre ich von Flammen umgeben. Ich möchte nur einen Kaffee, sagte ich. Fünf Minuten? fragte er. Er sah mich die ganze Zeit über an, wir standen ganz still. Ich öffnete den Mund, ich spürte, wie sich mein Mund öffnete. Ich wußte nicht, warum er das tat. Ich komme sofort, sagte er. Ich biß mir auf die Unterlippe, runzelte die Stirn, lief los, stellte eine Tasse unter den Automaten, drückte auf den Knopf, ließ es laufen, trug die Tasse zur Kasse, bezahlte. Der Beginn meines finanziellen Ruins, das Einkaufen in der Kantine, dachte ich. Er kam durch die Schwingtür bei der Spülmaschine, hatte einen Becher in der Hand und ein Päckchen Tabak. Die Mädchen hinter mir lachten wieder. Ich ging zu ihm. Wir gingen zu dem Ausgang, an dem wir uns zum ersten Mal begegnet waren. Was studierst du, fragte er. Psychologie, sagte ich und nickte und lächelte. Das wußte ich eigentlich schon, sagte er, sah mich direkt an und lächelte noch einmal. Er hatte meine Telefonnummer von einem aus der Fachschaft. Ich spürte, wie ich errötete. Es war schön, dich zu sehen, auf der Straße, am Freitag, sagte er, ich habe an dich gedacht, dich vor mir gesehen, bin durch die Straßen gelaufen, um dir noch einmal zu begegnen, sagte er. Als er das sagte, fühlte ich mich ganz leicht. Dünn. Glücklich. Wohnst du in der Nähe? Er hatte die Adresse also nicht herausgefunden. Vielleicht hatte Mama den Eindruck vermittelt, daß keine Johanne bei ihr wohnte, weil er so spät anrief. Ich sagte, daß ich in Frogner wohne. Ich fragte, ob er schon lange in der Cafeteria arbeitete. Er war erst seit Semesterbeginn da. Das wußte ich eigentlich, dachte ich, ich hätte ihn sonst schon gesehen. Er spielte Gitarre in einer Band, beschäftigte sich die meiste Zeit mit Musik, der Job diente nur dazu, Geld zu verdienen, wovon er leben konnte. Wir gingen durch die Tür, stellten uns an die Wand. Er nahm eine fertig gerollte Zigarette aus dem Päckchen, steckte sie zwischen die Lippen und zündete sie an. Ich betrachtete seine Lippen, sie legten sich weich und schön um die Zigarette, sie sahen sanft aus und gut, er wirkte so aufrichtig, wenn er einen tief Zug nahm, er bekam Grübchen in der Wange, er wirkte mager. War er ein Schwächling? Seine Augen hatten etwas Trauriges, etwas ganz Helles, fast Weißes, als hätte jemand eine Schicht an ihnen abrasiert. Vielleicht ist er einsam, überlegte ich. Ich spürte, daß ich auf ihn aufpassen wollte, ihm übers Haar streichen wollte, ihm etwas Ordentliches zu essen geben. Wir spielen heute abend auf einem Fest, einem Kellerfest, einem Überraschungsfest für die Studenten der Akademie, ein paar Architekturstudenten haben sich das ausgedacht, sagte er. Willst du kommen? Ich wußte nicht, was ich sagen sollte. Es kam so unerwartet, ein wenig plötzlich. Am liebsten würde ich mit ihm zusammen im Wald spazierengehen, nur wir zwei, und miteinander reden, allein, wenn die Sonne schräg durch die Bäume fiel, und wir sie betrachten konnten, uns kennenlernen. Ivar zog einen zusammengefalteten gelben Zettel aus der Tasche. Hier stehen Adresse und Uhrzeit und alles, sagte er. Er sah mich mit schiefgelegtem Kopf an, ernst. Seine Lippen bewegten sich kaum, ich nahm seinen Atem wahr, die Sommersprossen. Jetzt küßt er mich, dachte ich. Es kribbelte mir in den Lippen, aber nichts geschah. Er sah mich nur an, sein Gesicht war ganz nah. Es war, als gelobten wir uns etwas, ein Versprechen, das keine äußere Entsprechung hatte, weil es nicht ausgesprochen wurde, aber es würde sich immer in mir befinden und wahrhaftig und echt sein. Rein. Ich glaube, Ivar empfand es genauso. Als sagten wir einander, ich liebe dich. Dann überlegte ich, warum er mich nicht küßte. Fand er mich häßlich? Abstoßend? Was wollte er? Dieses Kellerfest, dem er mich aussetzen wollte, irgendwo am Fluß Akerselv, spät abends, was war das? Warum ausgerechnet ich? Ich werde immer angequatscht, wenn ich in die Stadt gehe oder den Zug nehme, immer sind es junge Alkoholiker, Männer auf Sauftour, Männer, die jemanden brauchen, dem sie sich anvertrauen können. Ich glaube, man sieht es mir an, etwas sieht man mir an, vielleicht habe ich eine Wunde, eine Wunde, die alle anderen sehen, nur ich nicht. Stimmt etwas nicht, fragte Ivar und legte eine Hand auf meinen Arm. So fängt es an. Sogenanntes Wohlwollen, dachte ich hinterher. Nur ein anderes Wort für Manipulation. Aber er ist so schön. Er wirkt so nett. Warum konnte er mich nicht einfach küssen? Ich sah auf die Uhr und sagte, ich müßte wieder rein, er nickte und lächelte, sagte etwas von ausgedehnten Pausen in aller Frühe, ich habe es nicht ganz mitbekommen. In der Halle lächelten wir uns an, er nahm meine leere Tasse mit. Ich seh' dich heute abend, rief er hinter mir her, als ich die Wendeltreppe zu den Toiletten hinunterlief. Ich ging in die große Behindertenkabine, als ich mich abwischte, spürte ich, daß ich geschwollen war, es kitzelte und juckte. Ich fragte mich, ob ich irgendeine Infektion hatte. Einen Pilz. Ich sah Ivars Augen als kleine Mikroorganismen vor mir, die unter der Haut meines Geschlechts schwammen.

Mein Gott. Es rutschte aus mir heraus, als ich den Weg zum Sophus Lies Auditorium hinunterging. Mein Gott, Johanne. Mein Gott. Ich betete mehrere Vaterunser, eine Kettenreaktion. Meine Brüste waren steif, fast hart.

Kognitive Psychologie. Visuelle Agnosie. Du siehst etwas, aber es gelingt dir nicht, dem Gesehenen einen Sinn abzugewinnen, oder du interpretierst es falsch. Oder du schaffst es letztendlich doch, die visuelle Information mit der entsprechenden Kategorie und dem dazugehörigen Begriff im Gehirn zu verbinden, brauchst dafür aber so lange, daß du nicht mehr normal reagieren kannst. Ich betrachtete meinen Schreibblock, A4 unliniert, am liebsten gebleicht, weiß. Ich konnte nicht richtig mitschreiben, das Pult war zu niedrig, wenn mein Rücken so steif war. Der Dozent hielt die Kreide mit drei Fingern, den kleinen Finger spreizte er ab, ich glaube nicht, daß er wußte, was für einen Eindruck das machte. Ich würde niemals einen Mann lieben können, der seinen Finger so abspreizte, überlegte ich. Würde Ivar die Kreide so halten? Man müßte klären, ob der Schaden organisch war. Eine von der Fachschaft kam zu spät, sie setzte sich neben mich. Sie knisterte mit irgendwas in ihrer Tasche, einem Beutel, dem Reißverschluß zum Federmäppchen. Sie holte den elektrischen Stimulator heraus, den sie sich immer an die Schläfen hielt. Das hatte wohl mit ihrer Kindheit zu tun, sie hatte einen Schlag auf den Kopf bekommen, das hat die Empfänglichkeit für gewisse Impulse geschwächt und die Transmitter reduziert. Ich war müde, kognitive Psychologie langweilt mich, sie hat nichts Magisches, dennoch weiß ich, daß es wichtig ist, über den Tellerrand geblickt zu haben, wenn ich meine Praxis eröffne.

In der Pause wollte die Frau aus der Fachschaft mit mir über den Bücherschrank und die Lesesaalplätze sprechen. Ich sagte, ich müsse zur Toilette, Lügen, vergib mir, Vater. Ich ging die Treppe hoch und durch die Halle hinaus auf den Platz. Warum mußte sie kommen und sich neben mich setzen? Ihr Apparat summte, das irritierte mich. Ich wußte, daß ich in der nächsten Stunde nicht viel mitbekommen würde, weil ich mich über das Geräusch ärgerte, und ich würde nach der Hälfte der Zeit Kopfschmerzen bekommen, weil ich mich kaum an irgend etwas erinnern konnte, was gesagt wurde. Die anderen wissen nicht, was mich das kostet. Ich durfte nicht den Anschluß verlieren. Ich fühlte es kommen, es sickerte allmählich nach vorne in die Augen, wie das Winseln eines winzigen Welpen. Ich drängte es zurück und ging wieder ins Auditorium.

Der Dozent sprach über einen Fall, den wir auf der Leseliste hatten. Der Patient hat einen klitzekleinen Blutpfropfen im hinteren Cortex, der zur Folge hat, daß die Wahrnehmung stark verlangsamt ist und sehr viel Energie erfordert. Seine Frau gibt ihm Medikamente, steht an einer Stelle im Buch. Welche Medikamente? So, wie der Fall beschrieben ist, bleibt vieles unklar. Sie machen es verständlich, die Dozenten. Das ist vielleicht der Hauptgrund, weshalb es so wichtig ist, dem Unterricht genau zu folgen, was kompliziert und unvollständig wirkt, wird klar, wenn der Dozent es bespricht, wird eingeebnet, geglättet, in Zusammenhänge gebracht. Ich betrachtete meine zukünftigen Kollegen um mich herum. Alle beugten sich über ihre Mitschriften, zwei erwachsene Frauen saßen nebeneinander, links, direkt unterhalb von mir. Sie hielten sich gerade, hatten ihre Schreibblöcke auf einer festen Unterlage auf dem Schoß. Sie waren hübsch geschminkt und geschmackvoll gekleidet, die Farben abgestimmt, dezent, kostbare Taschen, richtige Füller. Sie saßen in der zweiten Reihe, auf Augenhöhe mit dem Dozenten. Jedesmal, wenn er etwas Witziges sagte, lächelten sie, waren kurz davor, laut loszulachen. Ich fragte mich, zu wem von uns allen ich ginge, wenn ich Probleme hätte. Die anderen in meinem Alter wirken unreif, unkonzentriert, dumm. Die älteren sehen mir zu geschniegelt aus, zu elegant und glatt. Ich fand niemanden, dem ich mich anvertrauen würde. Der einzige, auf den ich mich in dieser Runde verlassen würde, außer auf Gott, war ich selbst.

An diesem Tag habe ich Ivar an der Universität nicht mehr gesehen, ich war über Mittag nicht in der Cafeteria, holte mir keinen weiteren Kaffee, schaute nicht einmal mehr hinein. Ich erinnere mich, daß ich dachte, er hat mich nicht geküßt, und das zeigt, daß er es eigentlich nicht ernst meint, er verachtet mich. Er hat mich nicht einmal berühren wollen, obwohl es naheliegend gewesen wäre. Ich überlegte, daß ich ihn um nichts bitten würde, ich würde niemals zu ihm gehen, wenn ich etwas brauchte, ich würde es allein schaffen. Und jetzt ist es viel zu spät, ich kann es nicht mehr schaffen, selbst wenn ich mit dem Hubschrauber zum Flughafen gebracht würde. Es sei denn, die Flüge hätten Verspätung. Vielleicht sollte ich aus dem Fenster schreien und jemanden bitten, am Flughafen anzurufen, um herauszufinden, ob der Flug nach New York Verspätung hatte. Stell dir vor, das Flugzeug ist noch nicht weg, ich gehe zum Ausgang und dort steht Ivar und wartet auf mich, streckt mir die Arme entgegen, beugt sich vor und hilft mir mit dem Gepäck. Aussichtslose Phantasien, Johanne, sei realistisch, konzentrier dich auf das, was du beeinflussen kannst, wo du was machen kannst. Liebe selbst. Das einzige, was ich wirklich kenne, das einzige, worauf ich mich verlassen kann, ist meine eigene Energie, meine eigene Arbeitskraft. Mein Körper besteht aus lauter Muskeln, er wird mich tragen, ich bin mein eigener Sklave. Vielleicht sollte ich die Zeit hier drinnen lieber dazu nutzen, Sport zu treiben, dann ist sie auf jeden Fall nicht völlig vertan. Ich breite die Bettdecke auf den Boden und setze die Füße auf die dritte Stufe der Leiter zum Hochbett, ich will sehen, wie viele Sit-ups ich schaffe, hundert auf jeder Seite sind das mindeste.

Ich erinnere mich, daß ich mit dem Rad an der Ullevål-Schule vorbeifuhr, es kommt mir vor wie in einem anderen Leben, ich fuhr durch die verlassenen Straßen zum Stadtteil Sagene. Die Tränen hinterließen warme Streifen auf den Wangen. Meine Augen waren sicher schön, groß und glänzend, dachte ich. Aber außer Gott sieht es niemand, dachte ich. Gott liebt mich jedenfalls. Das ist die wahre Gnade: Gottes Liebe. Ich betete, während ich den Hang hinuntersauste, bevor es dann den langen Weg nach Tåsen hochging. Steh mir bei. Vergib mir. Die großen Villen ließen mich an unser zukünftiges Haus denken. Ich spürte, daß es mir guttat, daran zu denken, es war ein friedlicher Ort in meinem Kopf, ein mentales Fleckchen Garten. Ich verschwand in dem runden Fenster, ich sah mich selbst im Haus herumlaufen, ich las in einigen Papieren, telefonierte, fuchtelte energisch mit den Armen, sie waren schlank, ich sah, daß ich klug war, ganz hübsch im Grunde und glücklich.

Es war beinahe fünf, ich wußte, daß sich Großmutter um diese Zeit immer kurz hinlegte, aber vielleicht hatte sie ihr Nickerchen auch schon hinter sich. Ich folgte der Straße bis zum Tor, hielt mit dem Fahrrad zwischen den Beinen, sah in den Briefkasten, es waren ein paar Reklamezettel darin und ein Brief von der Gemeinde. Ich nahm ihn heraus und drückte das Tor mit der rechten Hand auf, ich schob das Rad auf den Hof und sah dabei hoch zum Fenster. Falls sie wach war, würde sie dort sitzen. Das rote Licht brannte. Drinnen konnte ich niemanden sehen. Ich lehnte das Rad an die Treppe, schloß es ab, ging zur Haustür und klingelte, ging wieder die Stufen hinunter auf den Hof, damit sie mich aus dem Fenster im ersten Stock sehen konnte. Sie wußte nicht, daß ich komme, ich hatte nicht angerufen und Bescheid gesagt. Es dauerte lange, ich fragte mich, ob sie die Türklingel überhaupt gehört hatte. Ich folgte mit den Augen dem Verkehr, den Autos, die vorbeirasten, Motorrädern, Lastwagen. Der Rasen lag voller Äpfel, ich war seit Semesterbeginn nicht mehr hier gewesen. Alles wirkte so klein, das Haus, der Rasen, der Garten. Wenn ich an das Grundstück dachte, war es immer riesig, die Bäume waren größer und höher, es war weiter vom Haus über den Hof zum Rasen, wo ich irgendwann mein Heim bekommen würde. Plötzlich dachte ich, daß daraus nie etwas werden würde. Es war mir schon entglitten. Verloren.

Hei, sagte Großmutter, du bist's. Sie hatte die Tür einen Spalt geöffnet und ihr Gesicht herausgestreckt, sie lächelte verschmitzt, als wäre ich ein unangemeldeter und ersehnter Verehrer. Hei, sagte ich und ging die Stufen hoch, während Großmutter ein paar unsichere Schritte rückwärts machte und die Tür ganz öffnete, um mich hereinzulassen. Ich beugte mich vor, um sie zu umarmen, sie wich leicht zurück. Mama sagt, Großvater sei sehr streng gewesen, ich habe gefragt, was das heißt, ob er sie geschlagen hat, ich habe keine Antwort erhalten. Ich sah, daß Großmutter sich geschminkt hatte, sie hatte Streifen von Makeup auf den Wangen, die Augenbrauen und die Haut drum herum waren schwarz. Die Wimpern waren angemalt, ihre Lippen waren mit einer neuen Schicht aus kräftigem Rosa überzogen, wie ihre Nägel auf dem Geländer und die dünne Baumwollhose und das kleine Top unter dem weißen Pullover. Wie hübsch du bist, sagte ich. Danke, sagte Großmutter und faßte sich kurz an die Haare, sie lächelte und schien sich zu freuen.

Ich schenkte uns Kaffee ein, ich hatte im Schrank nach sauberen Tassen gesucht, während Großmutter sich um die Kekse gekümmert hatte, ich holte für sie die Milch aus dem Kühlschrank, goß ein und stellte sie zurück, sie steckte ein Stück Würfelzucker in den Mund und trank ihren Kaffee durch den Zucker. Ich müßte dünn sein wie ein Strich in der Landschaft, sagte sie, so wenig wie ich esse. Ihr Blick eilte aus dem Fenster. Ich betrachtete die Einrichtung, die rosa Küchenschränke mit Goldgriffen, die Plastikblumen in der Vase auf dem Küchenschrank, die Karos im Fußboden, Linoleum. Mama wollte, daß ich mit dir rede, sagte ich. Ihre Gesichtsmuskeln wurden straff. Sie drehte den Kopf wieder zu mir und sah mich mit großen, klaren Augen an, bevor sie den Zeigefinger hob. Da, sagte sie, und wandte sich langsam wieder dem Fenster zu, sie starrte über die Brille, ich folgte ihrem Finger mit dem Blick. Ein Stück entfernt standen einige Baucontainer der Firma Moelven, drei hintereinander. Dort wohnen Männer, verstehst du? Ja, sagte ich. Sie streifen hier herum, sagte Großmutter. Ich habe sie bis jetzt noch nicht auf dem Grundstück gesehen, aber sie laufen drum herum, das gefällt mir nicht. Es ist ruhig hier, weißt du, sagte sie.

Aber Großmutter, sagte ich, die arbeiten doch an der neuen Straße. Junge Frauen kommen auch, sagte Großmutter. Ich kann sehen, wie mitten am Tag Mädchen kommen, du weißt schon, Ausländerinnen, und dann gehen die Männer mit ihnen hinein. Sie sah mich ernst an. Das zieht Dinge nach sich, Johanne, in einer solchen Gegend. Sie sah mich über die Brille hinweg lange an. Ich stand auf und holte noch ein bißchen Kaffee. Großmutter wollte keinen, ihre Tasse war noch fast voll. Ich setzte mich wieder. Mama, sagte ich, wollte, daß. Großmutter unterbrach mich. Deine Mutter, sagte sie, wurde ganz böse, als sie gestern hier war, das war nicht schön. Aber sie hat einen verantwortungsvollen Job und muß sich um vieles kümmern, so, und jetzt vergessen wir die ganze Sache. Machen wir es uns schön, Johanne. Sie sah mich an und lächelte, nahm sich einen Keks, der aussah wie eine kleine Schleife mit etwas Rot in der Mitte, steckte ihn zwischen die Schneidezähne, zog die Lippen hoch und biß ab. Den Rest legte sie wieder auf den Teller und hob die Tasse mit zwei Fingern hoch, ich sah den beigen Kaffee an den rosafarbenen Lippen. Anschließend strich sie sich mit dem linken Zeigefinger mehrmals über die Mundwinkel, um alle Krümel zu entfernen, aber es gab keine.

Sie folgte mir die Treppe hinunter, als ich ging. Sie nahm langsam Stufe für Stufe, hielt sich mit der rechten Hand am Geländer fest. Unten angekommen, hielt sie sich mit beiden Händen am Treppenpfosten fest, sah auf den Teppich, ihr Rücken war gebeugt. Ich stand neben ihr und hatte einen Fuß auf die Treppe gestellt, um meine Schuhe zu schnüren. Ich versuchte zu verstehen, was dieser steife Rücken zu bedeuten hatte, warum er nicht besser wurde, was er mir sagen wollte. Kannst du nicht ab und zu anrufen, fragte ich sie. Es ist einfach schön, angerufen zu werden. Sie atmete schnell, und als sie mich ansah, wirkte sie blasser als sonst. Sie sollte sich mehr bewegen, wenn sie öfter die Treppen hoch und runter ginge, wäre sie fitter. Mach's gut, Großmutter, sagte ich, entriegelte das Schnappschloß und öffnete die Tür. Es war kälter geworden, es wehte herein, ich sah, daß Großmutter die Schultern hochzog, als wolle sie die Ohren schützen, ich dachte, daß ich auf dem Heimweg frieren würde. Sei vorsichtig, Johanne, hörte ich Großmutter hinter mir rufen. Durch die Gardine in der Tür beobachtete sie, wie ich das Fahrradschloß öffnete, und als ich das Fahrrad an ihr vorbeischob, hob sie die Hand zum Gruß, sie winkte ein paarmal, bevor sie nach dem Sicherheitsschloß griff, es klickte zweimal, ich stellte mir vor, wie die Sicherheitskette klirrte, als sie sie festmachte.

Gegen Abend war es wirklich kälter, dachte ich, die Sonne stand tief und wirkte von drinnen rot und warm, aber als ich losfuhr, blies mir der Wind in den Halsausschnitt bis zu den Brüsten, zu den Brustwarzen, bei Sagene im Park sah ich zwei betrunkene Männer, sie standen sich direkt gegenüber und brüllten sich an. Großmutter hatte erzählt, daß es nachts bei ihr klingelte, sie konnte dann ans Fenster gehen und hinausschauen, aber es war niemand da, und sie blieb den Rest der Nacht halbwach liegen und lauschte. Mama versuchte sie dazu zu überreden, sich eine Alarmanlage gegen Einbrecher einbauen zu lassen, wie wir sie zu Hause hatten, ich weiß nicht mehr, weshalb wir sie bekommen haben, ob es zu der Zeit war, als Mama behauptete, ein Mann habe sie bedroht, und mit einer Schrotflinte unter dem Mantel herumlief, oder ob es später war. Das ließ mich an die Attributionstheorie denken; ob man Angst hat oder nicht, hängt davon ab, wie man eine Situation interpretiert. In den fünfziger Jahren hatte man ein Experiment durchgeführt, das beweisen sollte, daß Gefühle von den Gedanken gesteuert wurden, daß man denkt, bevor man fühlt, daß die Gedanken einen steuern. Es war Teil der optimistischen Sicht auf die Zukunft, je mehr gedanklich gesteuert wird, um so mehr können wir mit unserem Willen verändern. Darum dreht sich die Psychologie, in der modernen Psychologie geht es darum, sich zu indoktrinieren, mit Hilfe der Gedanken soll ich mich davon überzeugen, daß die Welt besser ist, als ich sie erlebe, der Schmerz wird ausbleiben, wenn ich anders denke, es wird ihn nicht mehr geben. Wie dieser kalte Wind, dachte ich, der mir durch die Kleidung pfiff, ich fuhr die Theresesgate hinunter, man mußte mit den Straßenbahnschienen aufpassen, den Autos, die auf beiden Seiten parkten. Ich müßte anders denken, überlegte ich, ich müßte denken, der Wind sei warm, dann würde ich keine Kälte empfinden.

Aber Johanne, sagte Mama, ein Fest an einem Montagabend? Du bist ja gerade erst nach Hause gekommen. Ich hatte erzählt, daß Ivar mich eingeladen hat. Ich hatte beschlossen hinzugehen. Vielleicht war es die Fahrgeschwindigkeit auf dem Heimweg, der Wind, der mir die selbstzerstörerischen Gedanken aus dem Kopf geblasen hatte. Wie dem auch sei. Ich hatte entschieden, was ich anziehen würde, ich freute mich darauf, ihn wiederzusehen, ihn einfach nur zu sehen, ich wollte ihn sehen, aus der Entfernung, egal wie, ihn spielen sehen, die Gitarre an der Hüfte, die Hände an der Gitarre, wie er sie festhielt, und sein Hals, die Lippen, die Sommersprossen. Ich wollte ihm beweisen, daß ich zu mehr fähig war, als er glaubte, daß ich niemand war, mit dem man spielen konnte. Ich würde es wagen, ich wollte es, ich würde kommen. Es war ja nicht so, daß ich um etwas bat. Ganz im Gegenteil, wenn ich nicht käme, wegbliebe, wäre es nervig für ihn, es würde größeren Einsatz von seiner Seite verlangen, Überredungskünste. Auf das Fest zu gehen hieß, seinen eigenen Packen zu tragen, selbst Verantwortung für sich zu übernehmen. Mama saß am Küchentisch, ich hatte uns Krabben gekauft, ein letzter Hauch von Sommer in dem kalten windigen Wetter, die Krabben waren bei ICA in der Theresesgate im

Angebot gewesen, ich habe es beim Vorbeifahren gesehen. Ich hatte dazu einen Salat aus frischem Spinat und Pilzen mit einem Dressing aus Mayonnaise und Zitrone gemacht, ich wollte Mama eine Freude machen und etwas Ungewöhnliches zubereiten. Ich füllte einen Krug mit Wasser, ich drehte mich mit dem Krug in der Hand zu ihr um. Sie hatte Saft von den Krabben um den Mund, an der Wange. Sie trug die enge Hose, die sie zur Arbeit gerne anzieht, und ein schönes, fast durchsichtiges Top aus grobgestricktem Leinen. Ich konnte sogar den BH darunter sehen, den hellen mit den feinen Spitzen. Sie wirkte erschöpft, ich hätte bedenken müssen, wie ärgerlich es ist, wenn man schon hungrig ist und dann noch viel Zeit auf das Krabbenpuhlen verwenden muß. Mir fiel plötzlich ein, wie ich einmal dazukam, als sie mit einem Mann zusammen war, ihr lautes Stöhnen, das Knarren, all diese Geräusche, ich hatte geglaubt, sie schliefen miteinander, und ich konnte es mir nicht verkneifen, durch den Spalt im Vorhang zu schauen. Er kniete neben dem Bett und knetete einzelne Stellen an ihrer Fußsohle. Sie war bis auf die Socken vollständig bekleidet. Eine halbe Stunde später war er weg. Ich dachte an die Sonnenstrahlen, die durch das vergitterte Fenster auf das Mädchen im Bett fielen. Ich lehnte mich an die Wand, um dem starken Schein der Lampe zu entkommen. So wie Mama Fest sagte, hörte es sich an, als sagte sie Sex. Sex an einem Montag, Johanne. Ja, aber Mama, sagte ich, es muß ja nicht spät werden, du weißt doch, daß ich auf die Zeit achte und gerne rechtzeitig ins Bett gehe, damit ich genügend Schlaf bekomme, wenn ich am nächsten Tag arbeiten will. Außerdem glaube ich nicht, daß Ivar jemand ist, der zu allen möglichen Zeiten feiert, er arbeitet heute abend ja, er wird dort spielen. Aber ich kenne ihn noch nicht, dachte ich, vielleicht hat sie recht, daß ich mich völlig in ihm täusche. Ich hatte nichts mehr zu sagen. Ich fing an, den Tisch abzuräumen, hielt die Teller kurz unter den Wasserstrahl, sagte, sie solle sie einfach stehenlassen, ich würde sie am nächsten Tag spülen. Sie antwortete nicht. Seit einigen Tagen ist irgendwas mit dir, Johanne, sagte sie. Kriegst du bald deine Tage? Eine Pause entstand. Dann: Du wirkst so seltsam. Du nimmst doch nichts? Wieder eine Pause. Wir haben auf einem Seminar Kontakt zu einem Künstler bekommen, er sollte uns bei einem Projekt beraten, und er hat erzählt, daß er. Sie unterbrach sich. Was meinst du, fragte ich. Er hat erzählt, daß er etwas nimmt, sagte sie. Damit er besser arbeiten kann. Ich drehte mich um und sah sie an. Ich dachte an den Traum mit der pharmazeutischen Fabrik. Vielleicht mache ich Dinge, die ich verdränge, habe keine Kontrolle mehr. Aber Johanne, dachte ich, das ist doch Quatsch. Du weißt genau, daß du ein ordentliches Mädchen bist. Ich bin ja Christin, dachte ich lächelnd, Gott ist meine Glückspille. Mama sah aus dem Fenster, ich glaube, sie dachte an die Arbeit, sie denkt viel an die Arbeit, glaube ich. Großmutter hat recht, es handelt sich um einen verantwortungsvollen Posten, sie ist Abteilungsleiterin. Ich sagte drei Worte und ging in mein Zimmer, setzte mich in den großen Sessel. Ich beugte den Kopf nach hinten. Ich würde mir wünschen, daß sich mein Rücken entspannt, er war so steif, ich konnte mich überhaupt nicht mehr bücken. Ich schloß die Augen und betete.

Ich weiß nicht, wie lange ich in dem Sessel gesessen habe, bald müßte ich anfangen, mich fertigzumachen, dachte ich, auch wenn ich mich sonst um diese Zeit schlafen lege. Es war, als käme ich nicht in die Gänge. Vielleicht legt er mich auch nur herein, dachte ich, dann ging meine Zimmertür auf, es war Mama. Sie blieb auf der Schwelle stehen, sie sah so unglücklich aus. Ich finde, du könntest mich anständig behandeln, sagte sie. Als sie sprach, wirkte sie verärgert. Ich sah sie an. Ich will, daß du mich behandelst, wie es sich gehört. Ich bin ein erwachsener und intelligenter Mensch, sagte sie. Ich mache mir aufrichtig Sorgen um dich, ich habe noch meine Mutter, an die ich denken muß, du solltest mehr auf mich hören und dich nicht einfach auf Festen herumtreiben. Sie atmete tief ein. Ehrlich gesagt, Johanne, sagte sie. Sie sah mich an und hob die linke Hand, als hätte sie alles in dieser einen Hand, hielte es für mich hoch, damit ich es sähe, bevor sie es wegwischte. Sie stand da, als warte sie auf Antwort. Sie steckte sich eine Zigarette in den Mund und nahm sie wieder heraus, ohne sie anzuzünden. Sie trug ein neues Kleid, es war kurz, schwarz und eng, es hatte einen weiten runden Ausschnitt, der ihre schmale, hübsche Halspartie unterstrich. In der einen Hand hielt sie einen langen Viskoseschal mit Leopardmuster. Hatte sie ihn um das Handgelenk gebunden? Mama, sagte ich mit sanfter Stimme, meine liebe Mama. Ich wußte nicht, was ich sonst noch sagen sollte. Sie drehte sich um und ging, ließ die Tür offenstehen, und ich hörte, daß sie den Vorhang zu ihrem Zimmer heftig zuzog, das bedeutete, daß ich nachkommen sollte, um das Gespräch fortzusetzen. Jetzt war ich an der Reihe. Ich sah auf die Uhr. Es war schon nach neun. Ich konzentrierte mich auf das Fest, auf die Kleider und das Geld, ob es wohl teuer war, und was, wenn es Eintritt kostete, und wie kam ich hin und wieder zurück? Mir fiel ein, daß ich Ivar bald sehen würde. Es war wie ein Faustschlag von Glück, als ob ich es einen Augenblick lang vergessen hätte und mir der Gedanke zum ersten Mal gekommen sei. Ich spürte, daß ich lächelte, ich hielt alles viel zu fest, den Kamm, die Knöpfe, zu fest und zu locker, zitterte ich ein wenig? Ich huschte unter die Dusche, trocknete mich ab und legte ein bißchen Schminke auf, zupfte an den Haaren, sie lagen gut, ich nahm das Kleid und den Fünfzigkronenschein, den ich mir als Limit gesetzt hatte, als Grenze für mich. Fünfzig Kronen, nicht mehr, okay? Ich zog Schuhe an, bei denen ich mich nicht bücken mußte, in meinem Kopf war es ganz weiß. Gott, steh mir bei, dachte ich. Johanne, du kleine Hure. Ja ja. Ich hätte mit ihr reden sollen, zu ihr gehen und den Konflikt durchstehen, aber ich konnte irgendwie nicht beides, mit ihr reden und auf das Fest gehen. Es war nicht so, daß ich die Wahl hatte, es war, als ob die Entscheidung an einem anderen Ort getroffen wurde, im Körper, in der Geschwindigkeit, der Bewegung, die ganz automatisch ablief, ich nahm den Schlüsselbund, rief mit versöhnlicher Stimme Tschüs, Mama, ins Wohnzimmer, bevor ich die Tür aufschloß, den Alarm einschaltete und ging.

Zum Glück regnete es nicht, aber der Wind war immer noch kalt, ich hielt mit dem Fahrrad an einer Straßenlaterne am Riddervoldsplass und faltete den Straßenbahnplan auseinander, um die Straße zu suchen, in die ich mußte. Es ist schön, daß es so gute Stadtpläne gibt, die überdies nichts kosten, ich habe die Karte immer zusammengefaltet in einer Plastiktüte unter dem Fahrradsattel, ich finde immer überallhin. Du lächelst ja die ganze Zeit, Johanne, sagte ich zu mir, ich mußte mein Gesicht mit den Fingern berühren, die Lippen berühren, das Glück berühren. Habe ich Grübchen? Hör auf mit dem Unsinn, sagte ich zu mir, etwas strenger jetzt, fand die Straße, prägte mir die Route ein, steckte die Karte wieder weg, stieg auf und fuhr los. Ich sang beim Fahren, wußte nicht, ob der Text stimmte, es spielte keine Rolle. But my home is where my Lord is, that's where I belong. Ich war glücklich, das spürte ich am ganzen Körper, ich wünschte mir, ich könnte die ganze Nacht hindurch radfahren, würde niemals ankommen.

Der Urin im Eimer ist dunkel und konzentriert, er riecht. Der Himmel hat sich jetzt zugezogen, ich glaube, es wird regnen. Ich hatte mehr als hundertsechzig Sit-Ups geschafft, dann habe ich mich verzählt, ich mache jetzt eine

Pause, ich liege auf dem Rücken, die Beine an der Leiter, und tue nichts. Bestimmt sollte man so liegenbleiben und die Samenzellen im Bauch zurückhalten, wenn man gerne schwanger werden möchte. Ich sollte eigentlich aus dem Fenster schreien, jemanden bitten, Mama auf der Arbeit anzurufen. Ich tue es nicht. Als hätte ich keine Energie, vielleicht hat mich jemand eingesperrt als Mitwirkende an einem Experiment, und sie pumpen Gas ins Zimmer, das das Bewußtsein verändert. Allein der Gedanke, mein Bein hochzuheben, macht mich schon schlapp. Ich bin sauer auf Ivar, er hätte mir mehr helfen können, finde ich, er hätte mich abholen sollen, eine richtige Verabredung treffen. Diese offene Einladung ist blanker Unsinn. Vielleicht hat er es bereut, vielleicht wollte er mich letzten Endes gar nicht dabeihaben. Und diese unverbindliche Einladung war nur ein Mittel, mich loszuwerden.

Du bist Johanne, sagte eine junge Frau an der Tür, Ivar hat mich gebeten, nach dir Ausschau zu halten. Ich nickte, sagte Hei und lächelte, aber sie lächelte nicht zurück, ich überlegte, was Ivar wohl gesagt hatte, damit sie mich erkannte. Etwas rundlich, lange rote Haare, ein bißchen desorientiert. Dann lächelte sie plötzlich doch, mit dicken Lippen und Grübchen, sie war schöner als alle Mädchen, die ich jemals an der Uni gesehen hatte. Fröhlicher. Weite Hose und verschlissener, verwaschener blaugrüner Baumwollpullover, schöne, runde Brüste. Noch immer lächelte sie und sah mich an. Ich betrachtete mein langes weites Kleid. Wir standen am Eingang einer Fabrikhalle. Draußen neben der Tür hing ein großes Stück Stoff mit roter Aufschrift, ich hatte es leuchten sehen, als ich die Straße herunterkam. Fackeln standen in hohen Ständern beiderseits der Eingangstür. Ich schloß das Fahrrad an ein Verkehrsschild. Das Mädchen wartete. Sie hatte nur den engen Pullover an, schien aber nicht zu frieren. Komm, sagte sie, geh einfach rein. Sie war nett zu mir, ich wußte nicht, wie ich das interpretieren sollte, ich wollte Ivar sehen, ich wollte nur Ivar sehen, ich wollte seine Haare sehen und die schlanken Arme und die Hände und den Blick. Ich wollte, daß alle anderen verschwinden, damit wir allein sein konnten. Ich hatte nicht daran gedacht, daß dieses Fest auch für andere war, ich hatte nur uns beide gesehen. Ich wollte, daß dieses hübsche Mädchen verschwindet. Wir gingen durch einen schwarzgestrichenen Gang, am Ende hing roter Samt, eine Art Gardine, mit einer Schleife an beiden Seiten. Wie in einem Film oder einer Phantasievorstellung, wie Vorhänge in verschiedenen Farben, und ich hörte verschiedene Lieder, ein Stöhnen und Geräusche, unzusammenhängende Musik. Goldbraune Mädchen, etwas schmutzig, lehnten an der Wand, die dicken Lippen lächelten und schmatzten. Ich hatte steife Brustwarzen. Jemand hatte meinen Rücken mit einer Peitsche gestärkt. Ich ging weiter bis zum Eingang und legte den Kopf schief, schaute hinein.

Rauch vernebelte das Licht, die Musik befand sich im Rückgrat, alles war zu heftig und zu laut, es zog sich zusammen und wurde zu einem breiten geflochtenen Riemen, darin war alles enthalten, die Leute saßen, standen, redeten, lachten, überall war Staub. Nasenlöcher, Spülmaschinen. Fließendkaltes Wasser in einem schmutzigen Stahlbecken. Und dieses vernebelte Licht, ich sah niemanden spielen, die Musik kam von einer Kassette, einer CD oder irgendeinem Tonband in einem alten Gerät, sie knisterte. Sollte Ivar nicht spielen, er hatte mich doch eingeladen, er wartete in einem anderen Raum auf mich, einem dunklen Korridor, es brannte in meinen Brüsten, es fühlte sich an, als hätte mir jemand die Brustwarzen abgeschnitten. Ich dachte an Mama, überlegte, was ich ihr erzählen würde: Wir hielten uns an den Händen, standen in einem großen Kreis. Ich lehnte mich an die Wand, schloß die Augen. Ivar betrachtet mich durch einen Einwegspiegel, er sieht, daß ich nichts kann, er steht dort mit einem Kumpel, er hat ihm von mir erzählt, sie trinken beide ihr Bier aus der Flasche, Ivar raucht, macht einen Zug und bläst den Rauch aus, nimmt einen weiteren Schluck, und sie betrachten mich, beide, und dann schauen sie sich an, Ivar sagt etwas, und sie lachen.

Johanne, das war seine Stimme, ich habe fast nicht mehr geglaubt, daß du noch kommst, ich habe so auf dich gewartet, und dann erzählt mir Lise, daß du längst da bist. Er trug einen Morgenmantel, darunter war er nackt, ich sah die dunklen Schamhaare, aber ich konnte sein Glied nicht sehen. Geht es dir nicht gut, fragte er. Doch, sagte ich. Hast du was genommen, fragte er. Nein, sagte ich und lächelte, er jetzt auch, seine Stimme zerfloß, sie war ganz dunkel, als dringe sie von unten in mich hinein. Ich spürte das lange dünne Kleid an den Schenkeln, ich spürte alles, was meine Haut berührte, ich wollte, daß es weiter kitzelte. Johanne, sagte er, kannst du nicht die Augen aufmachen und mich anschauen? Er hat grotesk große Augen, wie einer dieser Hunde im Märchen. Seine Hände und Lippen waren geschwollen. Ich öffnete die Augen. Er war wie immer, nur noch schöner. Sanfte, frohe, traurige Augen. Sie würden nicht spielen, die Schwester von einem der Bandmitglieder war erkrankt, dieser war bei ihr geblieben, und Ivar war hier, bei mir. Er wollte mit mir tanzen, er trug eine dünne Hose, das Hemd, alles, was er anhatte, war ganz dünn, und wir gingen irgendwo in eine Ecke, er strich mir über den Rücken und ich berührte ihn an verschiedenen Stellen am Körper, er war wie Wasser, wie Licht auf Wasser mit Steinen darunter, blitzte, heftig und grell. Ich habe noch nie mit jemandem geschlafen, sagte ich.

Es war dunkel im Zimmer, ich sah das kleine rote Licht am Fernseher. Wir waren in seiner Wohnung, einem Einzimmerapartment mit schwarzem Fenster und einer schmalen Matratze. Ivar stand direkt vor mir, ganz dicht, es rauschte noch in meinen Ohren von der lauten Musik. Ich sah ihn an. Er sagte nichts, er lächelte sanft, er nahm meine Hände und drückte sie, legte sie an seine Wange. Ich hatte immer gedacht, daß ich warten würde, bis es richtig war. Aber wie weiß man, wann es richtig ist? Ich spürte, daß ich es tun wollte, es mußte einfach richtig sein, wir sollten es tun, es war, als wüßte ich es seit langem, als wäre es an dem Tag mit dem Handtuch entschieden worden. Wir sollten hierherkommen. Ivar flüsterte mir etwas ins Ohr, ich hörte nicht, was er sagte, dann war er im Bad, kam wieder heraus, kam zu mir und beschäftigte sich mit etwas, von dem ich nicht wußte, was es war. Durchs Fenster drang ein wenig Licht von einer entfernten Straßenlaterne. Ich hatte beschlossen, daß dieser Abend eine Ausnahme sein würde, eine Parenthese, ich nahm mir frei, das hier war Urlaub. Ich mußte es mir gönnen, mir diese Erfahrung ermöglichen, vielleicht brauchte ich sie später, bei der Arbeit, im Gespräch mit Klienten. Ivar kam ins Zimmer und legte Musik auf, die ich nicht kannte, ganz ähnlich wie die, nach der wir auf dem Fest getanzt hatten, nur leiser, ruhiger. Er zog ein blaues Päckchen aus dem Regal, öffnete es und nahm einen kleinen, flachen Gegenstand heraus. Er kam zu mir herüber und sah mich an, ernst, als wollte er mir etwas sagen, indem er einfach nur dastand, als träfen wir eine neue Absprache. Er klemmte sich das Päckchen hinter das Ohr, legte den Kopf schief und lächelte, ich sah das Kondom. Ich wußte nicht, was ich sagen sollte. Ich spürte es kommen, die Tränen. Er fragte, was los sei. Ich sagte, ich wüßte es nicht. Plötzlich fange ich einfach an zu weinen, sagte ich. Ich setzte mich auf die Matratze, er kniete sich vor mir hin, er schob meine Knie auseinander und stand zwischen ihnen, an mich gedrückt. Er nahm mein Gesicht fest in seine Hände, saugte die Tränen fort, er fing an, mir übers Gesicht zu lecken, seine Zunge über meinen Augenlidern, an den Schläfen, eine warme, kleine Zunge wie die von einem Hund. Der mit dem Schwanz wedelt, dachte ich anschließend, als er sein Geschlecht an meine Öffnung schob und dagegen drückte, und ich spürte, wie sie sich öffnete, wie sie ihn einließ, es tat ein wenig weh, aber jedes Mal, wenn er sich herauszog, hatte ich Angst, daß er nie wieder hineinkäme, nie.

Ich erinnere mich, wie wir einmal die Osterferien in den Bergen verbracht hatten, wir hatten uns verlaufen und waren mehrere Tage lang unterwegs gewesen, ohne zu wissen, wo wir uns befanden, ich ging hinter einem Ackja, es war neblig und windig, und das einzige, was ich sehen konnte, waren die dreieckigen Häufchen aus Schnee, die meine Skispitzen hinter dem Ackja bildeten, ich stellte mir vor, daß die Spuren Berge waren, die wir überqueren mußten, und es kamen ständig neue hinzu, es nahm kein Ende. Ich war damals neun und überzeugt davon, daß ich Mama nie wiedersehen würde, daß dies meine letzte Skitour war, und Mama war nicht dabei. Wir hatten auch den Welpen mit. Er war erst ein paar Wochen alt, kugelig und hübsch und fröhlich. Er war schnell erschöpft und tapste mit den kleinen Pfoten durch den Schnee, er tat mir so leid. Die kleinen Pfoten in dem harschen, nassen Schnee. Blutete er? Ich meine, daß er blutete, daß Blutspuren im Schnee zu sehen waren. Wenn ich nur noch einmal dort sein könnte, würde ich besser auf ihn aufpassen, würde ihn in meinen Schal setzen und auf dem Rücken tragen. Oder ich würde einen Rucksack mitnehmen, dann könnte er darin sitzen und hinausschauen. Ich frage mich, ob Ivar mal einen Hund hatte. Er wollte, daß ich schon am ersten Abend bei ihm übernachte. Einfach da bleiben. Ich konnte nicht, das war sonnenklar. Ich mußte nach Hause, damit Mama sich keine Sorgen um mich machte, ich mußte nach Hause, damit nicht alles aus den Fugen geriet. Ich überlegte, daß ich mir an diesem Abend freigenommen hatte, nicht am nächsten Morgen oder an einem anderen Tag. Zugleich erschien es mir unmöglich, den harten, warmen Körper, der sich an mich kuschelte, loszulassen. Ich weiß noch, daß ich zur Decke blickte, alles wirkte undeutlich, weil ich die Brille abgesetzt hatte, von draußen fiel schwaches Licht herein, von den Straßenlaternen und Autos, es bewegte sich, alle Ränder waren verschwunden. Alles war miteinander verbunden. Ich dachte an Gott, daß er ebenfalls da war. Alles war da, es war wie Sterben, dachte ich. Und dann fing ich wieder an zu weinen, heftiger, mir war nicht klar, warum es mir wieder passierte, warum es jedes Mal kam, wenn das Glück vollkommen war.

Wo ich jetzt daran denke, fange ich wieder an zu weinen. Was ist los mit mir? Ich wollte noch einmal mit ihm schlafen, bevor ich ging. Ich hatte Angst, ich würde vergessen, wie es sich anfühlte. Ich muß jeden Tag mit dir schlafen, sagte ich, mein Körper braucht dich. Einmal pro Stunde, sagte Ivar und lächelte, er lag auf dem Bauch, auf den Ellbogen, er spielte mit meinen Haaren, ordnete meine Locken in einem System, bevor er sie zusammenfaßte und über meine Augen legte, so daß ich nichts mehr sehen konnte.

Komm mit nach Amerika, sagte Ivar. Ja, sagte ich. In zwei Wochen, sagte Ivar. Ja, sagte ich und lachte über die verrückte Vorstellung, ein phantastischer Traum, wir zwei auf dem Broadway, im Central Park. Wir lagen auf dem

Rücken und sahen zur Decke. Staub überall, dachte ich, jetzt fällt Staub auf uns, jetzt werden wir zu Erinnerung. Ich meine es ernst, sagte Ivar. Ja doch, sagte ich. Ich stellte mir vor, wie wir zwei zusammen im Flugzeug saßen. Auf dem Weg nach oben. Mein Bruder studiert am MIT, sagte ich und wollte mehr von Edvard erzählen. Ich meine es ernst, Johanne, sagte er. Hör zu, es ist ganz einfach, du nimmst nur deine Bücher mit, ich habe Geld, wir werden günstig in einem kleinen Ort südlich von Pittsburgh, Pennsylvania, wohnen, du studierst, und ich spiele Gitarre. Ich antwortete nicht. Ich sah uns über breite Straßen fahren, große Diners genießen, Muffins und Spiegeleier essen, mehrmals am Tag miteinander schlafen. Zusammen aufwachen, lachen, duschen, baden, miteinander schlafen. Ich hatte einen ganz trockenen Mund, ich stand auf und ging in die Küche, nahm ein Glas aus dem Schrank, drehte den Wasserhahn auf. Ich sah aus seinem Fenster in den dunklen Hinterhof. Wie schmutzig und heruntergekommen er war. Ich sah eine andere Küche vor mir, ich war vierzig und saß an einem Resopaltisch, es war ein warmer, schmutziger Tag in Los Angeles, ich trank Gin, es war mitten am Tag, ich sah kaputt aus, die Haut in meinem Gesicht hing herab, unterm Tisch schlief ein langhaariger, schwarzer Hund, ich hatte die Füße auf seinem Fell, die Fliegen summten, ich blickte aus dem Fenster auf die vorbeifahrenden Autos. Hinter einem anderen Fenster, dem runden, sah ich eine schlanke, kluge, gutaussehende Frau, in der einen Hand das Telefon, warf sie einen warmen und nachdenklichen Blick auf den Garten und den nächsten Klienten, der durch das Tor in die neu angelegte Birkenallee kam. Ich sehnte mich so nach dieser Frau, die schlank und ruhig war, und dachte, wenn ich nur an meinem Plan festhielt, kann es tatsächlich sein, daß ich irgendwann einmal sie sein würde.

Ich ging ins Wohnzimmer und holte meine Sachen. Ivar lag auf der Matratze und sah zu, wie ich mich anzog, keiner sagte etwas, das war gut, ich wollte so schnell wie möglich nach Hause. Alles war zum Glück gutgegangen, aber die Zukunft mußte gerettet werden, es war, als hätten wir uns auf ein hohes Bergplateau begeben, um dort zu spielen, und wären erst jetzt an die Kante gekommen, wo wir den Abgrund bemerkten. Er brachte mich zur Tür, er war nackt, ich kniete mich hin und gab seinem weichen Penis einen Abschiedskuß, ich stand auf und legte die Hand auf den Türgriff, er faßte mich unter das Kinn und sah mich ernst an, mir schien, daß der Rücken wieder steif wurde, während wir dastanden und uns gegenseitig anschauten.

Ich hatte von außen den Alarm abgestellt, innen schaltete ich ihn wieder ein. Die kleine Kontrollampe leuchtete. Ich stand in dem dunklen Eingang und spürte, wie es nach zu Hause roch, spürte, wie mein Körper weiter dem nachhing, was gerade gewesen war. Ich mußte leise sein, damit ich Mama nicht weckte, ich ging ins Bad, betrachtete mich im Spiegel, ich zitterte an den Händen, als ich einen Wattebausch mit Flüssigkeit beträufelte, um damit die Schminke zu entfernen. Ich hörte, wie eine Diele im Wohnzimmer knarrte. Hatte ich sie doch geweckt? Ich erinnerte mich an eine Gespenstergeschichte, in der man die Wahrheit stets hinter sich im Spiegel sah, das eigentliche Ich anderer Menschen, ein Gespenst oder den Teufel. Die Tür ging auf, ich schloß die Augen und drehte mich um, hielt den Wattebausch vor das linke Auge. Ich öffnete die Augen. Sie trug einen kurzen durchsichtigen Umhang. Sie sagte nichts. Sie schaute in den Spiegel, als ob sie wachgelegen und über etwas nachgedacht hätte, das mit ihrem Äußeren zu tun hatte, und sie deshalb ins Bad mußte, um nachzuschauen, wie es nun eigentlich darum stand. Dann sah sie mich an. Ich dachte, daß alles zu sehen war. Alles, was ich getan hatte, daß ich es gewollt hatte, alles. Daß es mir Spaß gemacht hatte. Ich dachte, du schläfst, sagte ich.

Sie sah mich mit traurigen Augen an, als hätte ich sie enttäuscht. Ich schaute zu Boden, entfernte die Schminke. Johanne, sagte sie mit dieser dünnen Stimme. Ich spürte, daß ich etwas falsch gemacht hatte oder daß ich etwas furchtbar Wichtiges vergessen hatte, an das ich hätte denken müssen. Mein Blick fiel auf ihre Beine, mir fiel ein, daß ich versprochen hatte, sie für sie zu wachsen, sie weiß nicht, wie man es macht, es ist einige Tage her, daß wir darüber gesprochen haben. Meinetwegen kann ich es jetzt machen, sagte ich. Was meinst du, fragte sie. Deine Beine wachsen, sagte ich. Sie sagte nichts, setzte sich bloß auf den Klodeckel, ich holte ihr die Zigarettenschachtel und das Feuerzeug, einen Hocker für die Beine, ein sauberes Handtuch, worauf sie sie legen konnte. Ich verteilte das Wachs, während ich an all die Vorteile dachte, die ich hatte, weil ich hier wohnte, ich mußte mir nicht die Mühe machen, eine Unterkunft zu suchen, und dann das ganze Geld, das ich sparte, wie gut ich es hatte.

Wie war es bei Mutter, fragte Mama, du hast gar nichts erzählt. Ganz gut, sagte ich. Sie wollte nicht über den Alarm sprechen, sagte ich, aber sie hat sich über meinen Besuch gefreut. Was soll ich bloß machen, Johanne, fragte Mama. Warum ist sie so wütend auf mich? Ich kniete auf dem Boden und trug das Wachs so sorgfältig und vorsichtig auf, wie ich nur konnte, ich versuchte, sie zu trösten, indem ich die Bewegungen sanft ausführte. Ich konnte mich nicht auf das konzentrieren, was sie sagte, ich konnte ihr nicht antworten, ich schweifte ab, als ob mich etwas unendlich langweilte oder als ob ich zu glatt wäre, alles rann durch mich hindurch und verschwand. Sie ist nicht senil, sagte ich nur. Sie muß selbst entscheiden dürfen. Sie macht es, um mich zu bestrafen, sagte Mama, sie will mir nichts Gutes tun.

Jemandem etwas Gutes tun, ich fing an, über Altruismus nachzudenken, darüber gibt es ein ganzes Kapitel in meinem Psychologiebuch. Inwiefern wir etwas zum Wohle eines anderen tun, ohne an unseren eigenen Vorteil zu denken. Sogar Faschisten, einige wenige jedenfalls, sollen während des Krieges Juden geholfen haben. Der Entschluß zu helfen wurde rasch gefaßt in dringenden Situationen, und das Entscheidende war anscheinend, daß die Betroffenen selbst einmal Fürsorge erfahren hatten, daß sie das Beschützen als eine spontane natürliche Reaktion erlebt und gelernt hatten.

Sitzen die Fensterhaken fester als sonst? Ich wollte das Fenster öffnen, aber es ist so fest zu, daß ich es wahrscheinlich nicht aufbekomme. Scheißfenster. Deine Sprache, Johanne, nimm dich zusammen. Ich habe mir das Laken umgebunden, aus der Entfernung sieht es sicher aus wie ein Handtuch, ganz normal. Jetzt geht es auf, ich mußte unten in der Ecke einmal fest drücken. Die Luft ist kühl, kälter, als sie aussieht, es kommt mir so vor, als würde der Wind regelrecht ins Zimmer wehen. Ich lehne mich hinaus und blicke auf den Asphalt.

Ivar hat mich zu einer längeren Reise in die USA eingeladen, sagte ich. Ich saß im Badezimmer auf dem Fußboden, es war mir einfach herausgerutscht, ohne daß ich es gewollt hatte, eigentlich hatte ich noch gar nicht richtig darüber nachgedacht, über das merkwürdige Angebot von Ivar, es war zu unsicher, nichts, worauf ich mich stützen und verlassen konnte. Trotzdem erzählte ich es. Mama sagte nichts, sie sah mich nur an, zog erneut an ihrer Zigarette, behielt den Rauch im Mund und nahm noch einen tiefen Zug. Ich hatte auf beide Beine Wachs aufgetragen und eine schöne, solide Kante zum Abziehen geformt, wir warteten darauf, daß das Wachs fest wurde. Eine längere Reise, was heißt das? fragte sie. Sechs Wochen, sagte ich. In Ivars Mund hatte es geklungen, als ob es noch länger dauern könnte, aber davon erzählte ich nichts. Aha, sagte sie nach einer Weile. Und wann willst du in die USA, fragte sie. Nach Pennsylvania, sagte ich, in die Nähe von Pittsburgh. Ich ärgerte mich, daß ich was gesagt hatte, ich hätte warten sollen, bis es sicher war. Daß ich es gesagt hatte, hatte mich der Abreise gleichsam einige Meter nähergebracht, ich war irgendwie richtig gezwungen zu fahren, und gleichzeitig nahm es mir die ganze Lust. Es kam mir plötzlich nur noch abwegig vor. Verreisen mitten im Semester mit einem Mann, den ich gerade kennengelernt hatte? Meine ganze Zukunft aufs Spiel setzen, wo ich am Anfang einer sechseinhalb Jahre langen Ausbildung stand? Ich hörte in meinem Kopf, wie lächerlich es klang, ich wollte Mama sagen, ich hätte nur Spaß gemacht, aber Mama wirkte so schwach, wenn ich jetzt noch mehr Durcheinander verursachte, würde sie nur böse auf mich werden. Wir fahren am Donnerstag in zwei Wochen, sagte ich und versuchte, sicher und entschieden zu wirken.

In der Nacht wachte ich von einem Traum auf, an den ich mich noch immer deutlich erinnere. Er begann auf einem Schulhof, ich saß mit zwei anderen an einem Tisch direkt am Haus, es muß in der Pause gewesen sein, wir spielten Karten. Meine Familie wohnte im ersten Stock dieses Hauses. Die Sonne schien, und es war warm, die Fenster in der Wohnung standen offen. Plötzlich hörten wir ein Stöhnen aus dem Schlafzimmer, ich wußte, daß es Mama war, ihre Laute, wenn sie etwas intensiv genoß, sie waren jetzt schon laut, aber ich wußte, daß sie noch lauter werden würden. Ich mußte dafür sorgen, daß sie das Fenster schlossen, dachte ich, ich legte die Karten auf den Tisch und sagte leichthin, ich müsse die Familienehre schützen. Die beiden anderen sahen mich an und lächelten verlegen. Ich lief ums Haus, ging hinein und die Treppe hinauf. Auf dem Weg zum Schlafzimmer sah ich, daß die Tür nicht wie die übrigen aus Furnierholz war, sondern alt und blau gestrichen mit einer großen Glasscheibe. Ich konnte mich nicht zurückhalten und schaute hinein. Ich sah, daß Mama quer über dem Bett lag, auf dem Rücken unter einer Decke. Ihre Fußgelenke waren an die Fenstersprossen gebunden, daneben stand ein Mann, den ich nicht deutlich sehen konnte. Mama war ganz unter der Decke verschwunden, auch ihre Augen waren zugedeckt, trotzdem konnte ich den Mund sehen. Ich hatte nicht gewußt, daß sie gerade gefesselt wurde, es hatte sich von draußen so angehört, als ob es Mama gefiele. Jetzt sah ich, daß ihr Mund redete. Sie sagte, daß sie es nicht gewohnt sei, wie ein Kind behandelt zu werden, daß sie wollte, daß er sie wie einen erwachsenen Menschen behandelte. Ich wollte nur, daß sie das Fenster zumachten, und dann wollte ich so schnell wie möglich verschwinden. Ich mußte lange klopfen, bis sie mich hörten. Mama schlug plötzlich die Decke zurück und sah mich an, von oben bis unten, durch die Scheibe, sie sah, daß ich es war. Dann sagte sie weinend: Laß sie nur herein, damit sie sehen kann, was ihr Vater mit mir macht.

Am nächsten Morgen war alles ganz leicht. Alles war möglich, auch Amerika, alles war offen und hell und noch lange hin. Das Aufstehen ging so leicht, es ging alles ganz schnell, ich fühlte mich körperlich stark, ich betrachtete meine Arme im Spiegel, nachdem ich geduscht hatte, die Muskeln waren plötzlich deutlicher zu erkennen, als kämen sie jetzt mehr zum Vorschein. Obwohl ich am Vorabend erst spät ins Bett gegangen war, war ich nicht müde, ich erinnere mich, daß ich überlegt hatte, ob ich weniger Schlaf bräuchte und ob das vielleicht mit dem Sex zusammenhing. Auf der Fahrt zur Universität lächelte ich die ganze Zeit. Ich sehe mich dort auf dem gelben Fahrrad, doch, ich war wohl glücklich. Beinahe wäre ich in der Einfahrt zur Theologischen Fakultät mit Terje zusammengestoßen, er kam von Sogn angefahren. Wir lachten und winkten und fuhren beide weiter, ich kam an den Baracken vom Norwegischen Rundfunk vorbei, ich verspürte plötzlich ein merkwürdiges Verlangen, Terje zu küssen, es war, als wollte ich alle Männer küssen, die ich mochte, dicke, dünne, junge, alte, alle waren plötzlich schön, und ich hatte Lust auf sie.

Ich schloß das Fahrrad an einen Bügel, ging nach oben zum Lesesaal, wartete mit den anderen, konnten sie sehen, was mit mir geschehen war, ich ging hinein. Die Muskeln an meinem Mund wollten nicht aufhören zu lächeln. Ich legte die Bücher vor mir auf den Platz, schrieb einen Besetzt-Zettel und ging die Treppe hinunter. Ich war die Diva in einem Film, es ging mir so gut, ich hatte fülliges, gelocktes Haar, und der Rock war schwer und fraulich. Wenn ich jetzt daran denke, bin ich froh, daß mich niemand gesehen hat, jedenfalls niemand, den ich kenne, glaube ich. Mein Gott. Es muß deutlich zu sehen gewesen sein, ich bewegte mich, als befände ich mich in einem Lied. Ich ging direkt zur Küche, zur Spülmaschine, schämte mich für nichts. Ivar stand ein Stück weg mit dem Rücken zu mir an einer Abzugshaube und rauchte. Ich war seine Frau. Ich erinnere mich, daß ich genau das dachte. Ich bin deine Frau. Ivar, sagte ich. Ich versuchte, es mit tiefer, sinnlicher Stimme zu sagen. Er drehte sich um, sah mich, sah mich an. Dann lächelte er. Es kam ganz tief aus ihm heraus, ein verschmitztes, warmes Lächeln. Mit den Fingern schnippte er die Asche ab und sah mich an, dann kam er auf mich zu, ich spürte seine Bewegungen in meinen Beinen, in meinem Bauch, allein die Tatsache, daß er sich bewegte, machte, daß ich ihn in mir spürte, ich betrachtete ihn, die Wölbung in seiner Hose, die kurze, weiße Jacke, die hochgekrempelten Ärmel. Dann küßte er mich und hielt mich am Po, hielt mich mit beiden Händen am Po, während wir uns küßten, ich war so stark, das ist es, woran ich jetzt denke, wie stark ich mich gefühlt habe, ich erkenne mich nicht wieder. Dann sah er mich fragend an, ich wußte, was er fragte, ich antwortete mit einem Nicken, lächelte und nickte, ja, sagte ich, ich liebte es, ihm mit ja zu antworten. Ich liebte es einfach. Er nahm sich einen Schlüssel aus einem der

Schränke, sagte zu einem der anderen, er müsse etwas holen, der andere lächelte und nickte, wir lächelten alle drei. Ich erinnere mich, daß ich es okay fand, es muß die Freude gewesen sein, glaube ich, die Tatsache, daß ich so glücklich war, daß ich so, ja, lüstern war, und das war völlig in Ordnung, plötzlich war es ganz in Ordnung, und es machte nichts, daß andere es wußten. Dann gingen wir in den Keller, die Treppe hinunter eng umschlungen, ich wollte hinter ihm gehen und ihn unterwegs ganz fest halten, wir stolperten fast über eine Schwelle. Psst, sagte Ivar mit strenger Stimme. Ich lachte nur. Er schloß in einem der unterirdischen Korridore eine Tür auf, wir gingen hinein, und Ivar schloß hinter uns ab, es war ein verstaubter Raum, vollgestellt mit Tischen und Stühlen. Ich machte seinen Gürtel los und zog ihm die Hose herunter. Beweg dich nicht, sagte ich. Ich wußte nicht, woher ich das hatte. Die weiche Haut an dem harten Geschlecht, glatt und schön, es war so schön. Ich hatte das noch nie gemacht, aber ich war hungrig, so kam es mir vor, ich wollte sein Geschlecht kennenlernen, es necken und liebkosen, ich aß es, kaute und sog. Setz dich hin, sagte ich. Wir lächelten, Ivar setzte sich auf einen Stuhl, auf einen Schulstuhl oder einen alten Küchenstuhl, er war so süß mit dem abstehenden Penis vorm Bauch, ich zog den Rock herunter und die Strumpfhose und den Slip, ich war an den Innenseiten der Schenkel ganz feucht, ich hatte nicht gewußt, daß man so naß werden konnte. Ich setzte mich auf ihn, ich konnte es plötzlich, es war ganz natürlich, er lehnte den Kopf nach hinten an einen Tisch, der auf einem anderen stand. Er sah mich an, seine Augen waren fast geschlossen, ich wußte nicht, was in mich gefahren war, sein Blick oder sein Penis, ich bewegte mich langsam auf und ab, ich fühlte mein Geschlecht wie einen engen Ring, er streichelte mich am Po. Dann faßte er mich so fest um die Taille, daß ich innehalten mußte. Er sah mich an. Wir blieben ganz still so sitzen. Ich liebe dich, sagte er. Ich wollte mich nur auf ihm bewegen, weitermachen, weitermachen, und er berührte mich, und es war, als kenne er meinen Körper in- und auswendig. Ich glaube, wir gaben allerlei Geräusche von uns, ich erinnere mich, daß ich mit dem Bauch einen großen weißen Tisch berührte und daß es an meinen Brustwarzen kitzelte. Es war so schön, ich glaube, deshalb habe ich anschließend so geweint, ich saß auf seinem Schoß wie ein kleiner Ball, und er blies mir seinen Atem in den Nacken. Und jetzt fange ich wieder an zu weinen, in diesem albernen, blauen Zimmer. Ivar, Ivar. Daß ich nie wieder mit dir schlafen werde.

Mein Gesicht ist ganz naß, ich wünschte mir, ich hätte etwas Papier, um es abzutrocknen, mir die Nase zu putzen, ich nehme das Laken, warum auch nicht, es ist schließlich egal, ein rosa Laken in einem blauen Zimmer, völlig absurd. Ich trockne mir das Gesicht ab, ich reibe kräftig die Haut an den Wangen, niemand soll mich so finden. Warum sollte ich weinen, wenn doch alles vorbei ist, Ivar ist weg, es ist nach elf, bald ist es halb zwölf, es ist nichts mehr zu machen. Es ist wie mit dem Herbst und dem Wind und den Blättern und dem Regen, alles wird durchgespült und sauber gewaschen. Ob jemand weggeblasen werden kann, in so kurzer Zeit verschwinden kann, war denn da nichts? Kann ich messen, was da war in dem, was jetzt ist? Was ist es, was jetzt ist? Warum erinnere ich mich am besten an ganz sinnlose Dinge, an die Art, wie er an jenem Samstagmorgen, nachdem ich doch bei ihm übernachtet hatte, die Zigarette zwischen den Fingern hielt, er hielt die Zigarette in der Hand, als ob es wehte, als wäre sie eine heiße Kartoffel. Und sein Blick aus dem Fenster, in die Ferne, wenn er sehr streng war, wenn er böse zu sein schien. Wie gut er da aussah. Ganz hart und deutlich. Habe ich ihn vergessen im Verlauf dieser Stunden? Ist es möglich, daß er ganz aus mir verschwunden ist? Was war es denn dann? Und wenn er nicht weg ist, wenn ich ihn irgendwo in mir habe unter all den Gedanken, wenn er ein breiter, warmer Fluß ist, der unter einer Kruste kalter Gedanken entlangfließt und das Ufer wegspült, so daß das sandige Ufer ins Wasser rutscht und alle Ränder in mir weggespült werden, ohne daß ich es merke. Wer bin ich dann? Wie kann ich wissen, was ich fühle? Wie kann ich wissen, was wirklich ist?

An diesem Dienstag las ich wie eine Verrückte, intensiv und konzentriert, quasi im Gegenzug dafür, daß ich am Nachmittag mit Ivar zusammensein durfte: Wenn ich nur hart genug arbeitete, würde alles gutgehen. Ich sah, wie Karin den Lesesaal verließ, als ich von der Toilette zurückkam, ich glaube nicht, daß sie mich gesehen hat, ich hatte den Eindruck, daß sie meinetwegen dagewesen war. Ich ließ sie gehen. Wenn ich jetzt daran denke, sehe ich Gott neben ihr die geschwungene Treppe hinuntergehen, die beiden, die starke Karin und eine schmächtige und durchsichtige Gestalt, sie reden miteinander, Gott ist sehr traurig, und Karin sieht ihn an und lächelt mit ihren hübschen Zähnen. Alle freuen sich, wenn Karin lächelt, Karin sollte nur neben dem Altar stehen und lächeln, das allein wäre schon eine Segnung. Lieber Vater, steh Karin bei. Sie verdient es. Was ist das für ein furchtbarer Gedanke, Johanne, Gott verdienen? Vergib mir, Herr, so habe ich es nicht gemeint.

Ich erinnere mich an Ivar, der sich über das Schloß seines glänzenden Fahrrads beugte, er hob den Kopf und lächelte, wie ein Vogel Strauß. Das gelbe Licht der Kühltheken im Supermarkt in seinem Gesicht, die Sommersprossen, das Augenzwinkern, die blauen Augen, er hält einen Käse hoch. Den hier? Hat es an dem Nachmittag geregnet? Doch, ich erinnere mich an seine kalten Lippen und den warmen Atem unter der Kapuze der Regenjacke, es tropfte auf uns, draußen im Hinterhof, hier unten, bevor wir hineingingen. Seine Wörter, wie ich seinen Dialekt nachahmte, als wir das Essen zubereiteten, er drehte sich um und zeigte mit dem Küchenmesser auf mich, weißt du, Johanne, wie gut es ist, dieses Messer hier zu haben? Und ich konnte es nicht lassen, ihm eine Geschichte aus der Schulküche zu erzählen, als einer der Jungen aus der Klasse beim Essen von einer Frau erzählte, der man zwei geballte Fäuste auf einmal in den Hintern gesteckt hatte. Und an so was erinnerst du dich, Johanne. Das ist nicht gut. Er schüttelte lächelnd den Kopf und seufzte dabei. Ich frage mich, wovon du träumst, was du eigentlich willst. Er faßte mich an den Handgelenken und zog mich an sich, und wir lachten beide und küßten uns, und wären wir allein gewesen, dann hätten wir es gemacht; wir waren zwar allein, aber Mama konnte jederzeit kommen. Ich berührte ihn durch die Schürze, ich erinnere mich, daß ich meine Hand klein und dünn fand, ich dachte es zum ersten Mal, und ich freute mich, schwächer zu sein. Während wir so standen, hörte ich, daß Mama den Schlüssel ins Schloß steckte, und mir fiel ein, daß ich vergessen hatte, ihr zu sagen, daß Ivar mit uns essen würde. Wie seltsam, daß ich es vergessen hatte. Ich hätte ja nur anzurufen brauchen, aber ich habe es nicht getan, im allgemeinen fand sie es nett, wenn ich jemanden mit nach Hause brachte, normalerweise war es Karin, aber plötzlich glaubte ich, daß es ihr nicht gefallen würde, Ivar kennenzulernen. Ich weiß nicht, was zuerst da war, der Gedanke oder das Gefühl, es schien, als seien sie gleichzeitig gekommen. Ich wollte mich beeilen und streckte mich nach einem Topf, als ich den Schmerz im Rücken spürte. Es schien, als wären die Muskeln zu gespannt, ich zog an ihnen, aber sie gaben nicht nach.

Warum kann man sich bei so was nicht selbst helfen, warum kann man seinen eigenen Körper nicht massieren? Sich mit warmen Händen über den Rücken streichen? Ich öffnete die Augen und sah deinen Blick, wir lagen eng aneinandergekuschelt auf der schmalen Matratze, es war mitten in der Nacht, ich wußte nicht, ob du schliefst. Wir lächelten nicht, wir schauten nur, aber es war, als lächelten wir innerlich. Wenn ich jetzt daran denke, wenn ich die Augen schließe, sind wir wieder da. Du öffnest die Augen, und ich sehe dich an, wir reden nicht, es ist wie eine warme Flüssigkeit, die in einen strömt, sie füllt ein Loch, von dessen Existenz ich nichts geahnt hatte.

Hallo, Liebes, rief Mama, und machte die Tür ganz auf. Ich ging in den Flur und umarmte sie, ich weiß nicht, warum, das tue ich sonst nicht. Mama muß Ivars Schuhe gesehen haben, oder ihr muß irgendwie aufgefallen sein, daß jemand da war. Haben wir Besuch? Sie lächelte, als sie das sagte. Ich mußte an meinen Ferienjob in einem kleinen Laden denken, ich hatte für eine Kundin Obst abgewogen, und als ich mich mit dem Obst in der Tüte wieder umdrehte, es waren grüne Äpfel, war mir wohl schwindlig geworden oder so, denn es war mir plötzlich, als zeigte die Kundin ihr eigentliches Gesicht, die normale Haut war nur eine Verkleidung, sie hatte im Grunde ein Fell und Narben auf der Wange, ich sah, wie die Zunge zwischen den Zähnen hervorkam. Ivar ist hier, sagte ich, jetzt könnt ihr euch kennenlernen. Sie erstarrte für einen Moment, stockte kurz und zog dann den Schal aus, den langen goldbraunen Schal, der mehrmals um den Hals reichte. Ich hatte Lust zu sagen, daß es Ivar nicht darum ging, uns auszunutzen, daß er eigenes Geld hatte und sich sein Essen sehr wohl selbst kaufen konnte, daß er allein wohnte, und zwar seit mehreren Jahren. Aber ich hatte ja die Lebensmittel mit Mamas Karte bezahlt, es war ihr Recht, eine Gegenleistung zu fordern. Sie gaben sich zur Begrüßung die Hand. Ich weiß noch, wie ich dachte, Ivar hätte ruhig etwas mehr lächeln können, etwas netter sein können für den ersten Eindruck damals, etwas mehr von sich preisgeben, damit sie merkte, daß er nicht gefährlich war. Er hätte sich ruhig anstrengen können, dachte ich. Ich sah, wie Mama auf ihn reagierte, darauf, daß er ihrem Blick nicht lange genug standhielt, ich wollte ihm sagen, daß er sie anschauen sollte, ich war erbost darüber, daß er sich nicht bemühte, daß er es nicht begriff. Etwas so Einfaches und Grundlegendes. War er denn so blöd? Mama ging durchs Wohnzimmer hinter den Vorhang und zog sich um, dann ging sie ins Bad, ich spürte es gleichsam im Rücken, wo sie sich in der Wohnung aufhielt. Ivar und ich waren still, wir kümmerten uns um das Essen, er faßte mich um die Taille und wollte mich kitzeln und küssen, aber ich lachte nicht. Ich war ganz konzentriert, darauf bedacht, alles so gut wie möglich hinzukriegen, damit es schön aussah. Servietten und Kerzen und alle Dinge ausgewogen auf dem Tisch verteilt, eine wie zufällig wirkende Symmetrie. Vielleicht sollte ich ein wenig Klassik auflegen. Ich ging ins Wohnzimmer, um mich um die Musik zu kümmern, entschied mich für Satie.

Woher kommen sie, die Dinge, die man macht, wann

tauchen sie auf und werden zu einem Teil von uns, einem Merkmal, einer Unart? Ich weiß es nicht. Sicher viel zu früh. Ich denke an meinen Bruder und mich im Tivoli am Nationalfeiertag, dem 17. Mai. Jedes Jahr bekamen wir fünfzig Kronen Taschengeld. Edvard gab sofort alles aus, das ganze Geld. Ich hob meins auf, lief mit den Erwachsenen herum, sie bezahlten ein paar Mal, um mich Karussellfahren zu sehen, gelegentlich kauften sie mir Lose, ich gab nichts von meinem Geld aus. Edvard tat mir immer so leid, wenn sein Geld aufgebraucht war. Ich schämte mich, weil ich ihm nichts abgab. Ich weiß, daß Edvard mich geizig und langweilig fand, sein Blick ging einfach an mir vorbei, er brachte es nicht einmal fertig, mich anzusehen und eine Grimasse zu schneiden. Ich erinnere mich nicht, wofür ich sparte, nur an das Sparen selbst erinnere ich mich, den Münzzähler in der Sparbüchse, wie bei einem Thermometer, das ständig stieg, und daß ich das Gefühl mochte. Warum sollte es so viel kosten, sich am Leben zu erhalten? Man kann es unmöglich allein schaffen, man befindet sich in einem Kreislauf, von irgendwoher muß das Geld kommen, es wird immer jemanden geben, der Geld gibt, und eine Hand wird ausgestreckt sein, um es anzunehmen, meine Hand, meine Finger, ich betrachte sie, sie sind dünn, schwach. Ich falte sie, sie sind kalt, sie sind einander fremd. Lehre mich geben, Vater, so wie du mir das Leben und das Glück gegeben hast. Lehre mich, mehr zu sein wie du.

Mama setzte sich mit der Abendzeitung ins Wohnzimmer, wir konnten sie zwischen der Klaviermusik blättern hören. Wir kochten weiter, es war ein einfaches Gericht, Pasta mit Tomatensoße, vegetarisch, da konnte sie mir jedenfalls nicht vorwerfen, daß ich das Geld für Fleisch hinauswarf. Ivar hatte im Geschäft bezahlen wollen, aber ich hatte gesagt, daß er ja schließlich derjenige war, der eingeladen sei. Und dann habe ich mit Mamas Karte bezahlt. Johanne, Johanne, das hast du dir selbst zuzuschreiben. Ich rief sie und sagte, das Essen sei fertig. Ich hörte den Ledersessel knarren, als sie aufstand. Ivar ging in den Flur, Mama kam in die Küche, wir waren allein. Sie sah mich an, sie sagte nichts und wirkte traurig. Was ist los, fragte ich. Sie runzelte die Stirn und sah mich eindringlich an, als ob sie mich etwas fragen wollte, ohne es zu sagen. Ist das gut genug für dich, Johanne? Etwas in der Art. Ich wollte nicht zeigen, daß ich begriffen hatte, was sie meinte, ich antwortete, indem ich die Augenbrauen fragend hob, und dann war Ivar wieder da, er kam zurück in die Küche und muß an meinem Gesichtsausdruck gesehen haben, daß er in ein persönliches Gespräch geplatzt war, er sah mich mit diesem warmen Blick an, als wollte er fragen, ob alles in Ordnung war. Ich lächelte zurück, fing an, mich zu bewegen, forderte Mama auf, sich zu setzen, ich würde uns aufgeben. Ich stand mit dem Rücken zu den beiden und füllte Wasser in einen Krug, als ich mich umdrehte, stand eine Weinflasche auf dem Tisch. Das war es, was Ivar im Flur geholt hatte. Ich hätte alles dafür gegeben, sie wieder von dort verschwinden zu lassen. Er merkte nicht, was das Beste für ihn war. Einfach mit einer Flasche Wein daherkommen. Mama sah mich an, als wollte sie sehen, wie ich reagierte, ob ich von der Flasche gewußt hatte, ob es meine Idee war. Ich habe während der Arbeit einen Abstecher ins Weingeschäft gemacht, ich mußte ein paar Sachen abholen, mit dem Auto, sagte Ivar, er lächelte und sah Mama und mich an. Mama trinkt nicht, sie mag den Geschmack nicht. Sie lächelte verkrampft. Wie nett von dir, sagte sie. Nicht wahr, Johanne? Wunderbar, sagte ich. Ich hatte nicht geahnt, daß er ein derart leichtfertiges Verhältnis zu Alkohol mitten in der Woche hatte, mir kamen plötzlich Zweifel über ihn, wer war er eigentlich? Würde er eines Tages anfangen zu trinken, würde er jemals eine richtige Arbeit bekommen? Ich sah uns in einem Wohnwagen, schmutzig, eng und vergammelt. Ich stellte den Topf auf den Tisch, nahm den Deckel ab, es roch herrlich nach Basilikum und Knoblauch. Was gibt es denn heute, fragte Mama und beugte sich lächelnd vor. Mir fiel ein, daß sie nicht so gerne Pasta aß. Warum hatte ich nicht vorher daran gedacht, wo ich mich sonst so gut erinnere. Sie sah mich an und lächelte, ich versuchte herauszufinden, was das Lächeln zu bedeuten hatte. Ivar fragte nach einem Flaschenöffner, ich stand auf, um ihn zu holen, wir hatten einen mit grünem Griff, den ich einmal auf dem Flohmarkt gekauft hatte. Ich wunderte mich, daß er nichts merkte, daß er nicht kapierte, daß das mit dem Wein völlig daneben war. Er war wohl ebenfalls etwas nervös, ich mußte versuchen, es aus seiner Sicht zu sehen, mußte versuchen, ihm zu helfen. Plötzlich war es, als schloß sich der Rücken und würde in der Mitte durchbrechen, würde direkt abbrechen. Jede Bewegung wäre zu viel, es tat so weh, daß ich an nichts anderes denken konnte. Mama sah aus dem Fenster, Ivar sah mich an, ich wollte, daß er woanders hinschaute, daß er allein klarkam und sich nicht so weit herüberbeugte. Zum Glück hatte ich daran gedacht, Musik aufzulegen. Ich bekam die Flasche auf, holte Weingläser mit Stiel und schenkte uns dreien ein. Ivar hob sein

Glas in meine Richtung, er wollte anstoßen, ich hob das Glas, nickte kurz und trank. Wir nahmen uns von der Pasta und fingen an zu essen. Als ich vom Tisch hochsah, starrte Mama Ivar an, sie hatte ihn sicher schon eine Weile angesehen. Es war still, der muntere Klavierwalzer war gerade zu Ende, Ivar war damit beschäftigt, Spiralnudeln mit der Gabel aufzuspießen. Erzähl mir etwas über die Liebe, Ivar, sagte Mama. Er blickte zu ihr auf, sah zu mir. Was meinen Sie, fragte er. Er schob das Essen in den Mund und fing an zu kauen. Mama antwortete nicht, sie sah ihn nur mit schiefgelegtem Kopf an und lächelte ernst. Ivar sah noch einmal von ihr zu mir, er schien verwirrt. Das Wesen der Liebe, sagte Mama, die Natur der Liebe. Sie sprach Liebe mit einem runden L aus, langsam und deutlich. Ist das eine Art Verhör, fragte Ivar, ich hörte, daß er versuchte zu scherzen, aber Mama schien das Muntere an seinem Tonfall nicht zu hören. Nein, sagte sie, sie sah ihm wieder direkt in die Augen, ich hoffte, es würde ihm gelingen, dem Blick standzuhalten. Es ist ein Versuch, sie dachte nach, ein Versuch, sich zusammen zu wundern – über das größte Mysterium des Lebens. Mama sah ihn an, wie, um zu unterstreichen, was sie gesagt hatte, dann schaute sie aus dem Fenster und trank doch einen Schluck Wein, sie lächelte in sich hinein und schüttelte zugleich den Kopf, als ob sie an eine Antwort dachte, die ihr jemand vor langer Zeit einmal auf diese Frage gegeben hatte. Als Mama Karin einmal das gleiche gefragt hatte, hatte Karin ganz einfach geantwortet, daß die Liebe Gott sei, daß Gott die Liebe sei. Nachdem Karin geantwortet hatte, hatten sie sich ganz lange angesehen, als hätten sie den gleichen Gedanken, als wären sie zusammen in ihm gefangen und es ginge ihnen gut damit und sie wollten sich nicht bewegen. Mama waren Tränen in die Augen getreten, und sie hatten sich lange umarmt, Karin hatte ihr den Rücken gestreichelt. Mich hat Mama noch nie gefragt. Ich weiß nicht, was ich antworten würde, es ist ein riesiger weißer Fleck oder vielleicht eher ein schwarzes Loch, in dem alle Gedanken verschwinden.

Ich sehe auf meine Armbanduhr, den Sekundenzeiger, der sich immer wieder im Kreis bewegt, ich denke, daß es mein Leben ist, das verschwindet, denn jedes Mal, wenn er weiterrückt, bin ich meinem Tod ein bißchen näher. Ich liebe dieses Blau, mit dem ich das Zimmer gestrichen habe, es ist so klar und rein. Für mich ist es, als würden wir zusammengehören, als wäre es mein treuer Freund. Aber kann das Blau das fühlen, weiß es, daß es von mir geliebt wird, wird es dadurch getröstet? Fühlt es sich dadurch weniger einsam?

Ich saß in der Küche und trank Tee. Es war dunkel, ich hatte lange dagesessen, ich hatte kein Licht angemacht, ich hatte überlegt, eine Kerze anzuzünden, aber ich war einfach sitzengeblieben und hatte aus dem Fenster geschaut, die Gedanken liefen, sie waren durchsichtige, dünne Schleier, dahinter kam Ivar zum Vorschein. Er hatte wieder eine Probe mit der Band, er hatte mich gebeten, seinen Wohnungsschlüssel zu nehmen und da zu sein, wenn er heimkam, bei ihm zu übernachten. Ich konnte nicht. Ich sagte, ich wollte früh schlafen gehen, um ein wenig Schlaf nachzuholen, er hatte mich fest an sich gezogen und Keinen Quatsch, ja? gesagt und mich auf die Stirn geküßt. Ich mochte es, wenn er so hart war, wenn er mich festhielt und streng war, wenn er mich einfach anfaßte, ohne um Erlaubnis zu fragen, wenn er sich nahm, was er brauchte. Ja. Ich hörte ihre Schritte im Hinterhof, als das Tor zuschlug, das Klacken der Absätze auf dem Betonboden, die Haustür unten, die zufiel. Die Geräusche ihrer Schritte auf der Treppe. Sie machte das Licht im Flur an und warf einen Blick in den Spiegel, dann schaute sie in die Küche. Ach, hier sitzt du, sagte sie. Mama ließ die Tasche auf den Boden fallen, kickte die Schuhe weg und hängte die Jacke auf einen Bügel. Ich konnte sie nicht sehen von da, wo ich saß, ich hörte die Bewegungen, hörte ihre Stimme: Johanne, ich muß mit dir reden. Sie ging ins Bad, ich hörte sie pinkeln, sie kam sofort wieder heraus, ohne sich die Hände zu waschen. Ich war kurz davor, sie daran zu erinnern, daß sie sich die Hände waschen sollte, wo sie draußen gewesen war und alles mögliche angefaßt hatte. Ich sagte es nicht. Worüber wollte sie mit mir reden? Sie ging durchs Wohnzimmer und hinter den Vorhang. Ich hörte, wie sie den Schrank öffnete, sie zog sich um. Was wolltest du sagen, rief ich ihr nach. Es kam keine Antwort. Ich stand auf und ging zum Herd, ich stellte die Platte an, um die Gemüsesuppe aufzuwärmen. Karotten, Kartoffeln und Kohlrabi, einen Brühwürfel, Knoblauch und ein wenig Tomatenmark. Die gesündeste und billigste Alternative, nicht einmal zwanzig Kronen für zwei. Mama kam aus dem Wohnzimmer, sie blieb im Flur stehen und zog sich Hausschuhe an. Ich rührte in der Suppe. Wir sahen uns an. Ich ging wieder zu meinem Platz und setzte mich hin. Jetzt kommt es, dachte ich. Jetzt fällt das Urteil: Raus. Johanne, sagte Mama. Sie nahm ein Glas aus dem Schrank und holte die Cola-light-Flasche aus dem Kühlschrank, schenkte sich ein und trank. Ahh, hatte ich einen Durst, sagte sie. Sie sah mich an und versuchte zu lächeln. Was wolltest du sagen, fragte ich. Johanne, mein Mädchen, sagte sie und setzte sich. Sie hob den schwarzen Deckel von der Winnertip-Box, stopfte Tabak in den Spalt, schob ihn zurecht. Sie hielt inne und sah mich an. Ich sollte dich wohl nicht damit belasten, sagte sie und steckte die Papierhülse in die Öffnung, schloß die Klappe und schob den Tabak hinein. Klick-klack. Ich hob die Teetasse und hielt sie vor den Mund. Der Tee war kalt, und es war nur noch ein kleiner

Rest übrig. Ich nahm einen kleinen Schluck davon und behielt die Tasse oben. Mama zündete die Zigarette an und sah aus dem Fenster. Sie wirkte traurig. Arme Mama, ich dachte an alles, was sie durchgemacht hatte, ich wollte lieb zu ihr sein, auf sie aufpassen. Sie öffnete den Mund, als wollte sie etwas sagen, so verharrte sie eine Weile. Dann sagte sie: Ich habe überlegt, das Wohnzimmer zu streichen. Es braucht ein wenig Farbe, jetzt, wo es auf den Winter zugeht. Was hältst du davon, Johanne? Ja, sagte ich, das können wir machen. Klar, das ist schön, Mama, sagte ich. Eine gute Idee. Johanne, ich weiß, daß du mit deinem Studium sehr beschäftigt bist, aber glaubst du, daß du dich darum kümmern kannst, es ist so viel los bei der Arbeit? Ja sicher, sagte ich, klar kümmere ich mich darum. Sie wollte, daß ich den Farbton auswähle, ich sollte in ein Farbengeschäft gehen und eine Farbkarte besorgen, wir einigten uns rasch auf Gelb, es mußte Gelb sein, ein warmes Sonnengelb für kalte Wintertage. Sie nahm ein wenig Suppe, salzte nach, aß und lächelte. Ich war so glücklich darüber, daß sie glücklich war. Wir beschlossen noch, daß ich neue Bezüge für die Sofakissen nähen sollte, unterschiedliche Muster mit Gelb darin und einige einfarbige, das würde alles auflockern. Es wurde ein schöner Abend, ich erinnere mich, daß ich glücklich war, als ich mich ins Bett legte, ich war froh, daß wir wieder zueinandergefunden hatten und daß sie nicht mehr böse auf mich war. Es würde alles gut werden, und ich könnte wohnen bleiben, bis das Staatsexamen abgeschlossen war.

Ich denke an die Tage, die Ivar und ich zusammen hatten, fast zwei Wochen bis jetzt. Jeder Tag war wie ein kleines Leben gewesen. Ich war aufgestanden und mit dem Rad zur Uni gefahren. Hatte mich auf meinen Platz im Lesesaal gesetzt, die Bücher aufgeschlagen, an die Decke geschaut und Gott ein Lächeln geschickt. Gelesen. Alles war spannend und interessant. Ich habe etwas über Schizophrenie gelesen. Ich fing mit den Depressionen an und mit einem neuen Kapitel in dem Buch über Sozialpsychologie, das Loving, Liking and Close Relationship heißt. Die Bücher sind in der Tasche draußen im Flur.

Ich sehe Ivar in tausend Doppelbelichtungen. Ich sehe seinen Körper in der weißen Jacke und die abgewetzte blaue Hose, er bewegt sich, er ist eine Knospe, die aufspringt. Er dreht sich mir zu und kniet sich hin, um mich zu fragen, ob ich ihn in das Plattengeschäft begleite. Er sitzt, steht, läuft in der Wohnung umher, eine Scheibe Brot in der Hand, spricht mit vollem Mund. Wir sausen auf unseren Rädern die Straße hinunter, der Regen, seine braunen Haare fliegen nach hinten. Abends, auf dem Bauch, auf der Matratze vor dem Fernseher mit einem alten Bergmanfilm, er mußte mich schon lange angesehen haben, ohne daß ich es gemerkt hatte. Er kommt zu mir in den Lesesaal und wackelt vulgär mit der Hüfte, die Hand am Schritt, den Zeigefinger aufgerichtet, wir lachen. Seine Zähne, die Lippen, das Wasser, das ihm beim Duschen vom Kinn tropft. Er setzt mir die Brille ab, schiebt meine Haare weg von den Schläfen, die Hände tief darin vergraben. Sein Blick, wenn er mich von unten ansieht und dabei meine Brüste küßt, mein Kind, das winzigkleine Ding. Wenn er in mir ist, kurz bevor er kommt, es ist, als wäre sein Gesicht zu eng, es verzerrt sich, es sieht aus wie ein Weinen, hemmungslose Verzweiflung. Jeden Abend der Kampf, zu Hause schlafen zu dürfen. Einmal habe ich ihn abends aufgesucht, wollte ihn draußen vor dem Übungsraum überraschen, vor den schmutzigen Fenstern der alten Fabrik. Ich setzte mich neben das Fahrrad auf den Gehweg, lehnte mich an die Wand neben der Tür, ich hatte ein Buch dabei, von dem er wollte, daß ich es lese, einen kurzen, norwegischen Roman. Er handelte von einer Leuchtturmwärterfamilie auf einer Insel. Ich hatte beschlossen, mit Ivar in die USA zu fliegen, aber ich wollte ihm nichts sagen, für den Fall, daß ich aus dem einen oder anderen Grund doch nicht mitkommen konnte. Zwei Drogensüchtige näherten sich auf dem Gehweg, ein Mann und eine Frau, die Frau trug einen kurzen rosafarbenen Rock und dunkelblaue Strümpfe. Als sie an mir vorbei waren, dachte ich, daß wir das waren, daß ich wie sie werden würde, wenn ich nicht achtgab. Ivar wäre mein Zuhälter. Ich spürte, daß ich wütend wurde. Er drängte mich ständig zu etwas. Er schob mich über den Rand hinaus, Stück für Stück, er schubste mich die ganze Zeit. Allein schon auf einem schmutzigen Gehweg in Grünerløkka zu sitzen und auf ihn zu warten war Überschreitung genug.

Kurze Zeit später kam er mit den anderen von der Band aus der Tür, einer von ihnen schlug vor, zu Schous zu gehen und ein Bier zu trinken. Ivar freute sich, mich zu sehen, jedenfalls sah es so aus, er kam und kniete vor mir, küßte mich auf die Stirn, auf die Wangen, auf die Nase, den Mund. Komm mit auf ein Bier, sagte er. Ich hatte keine Lust, aber das sagte ich nicht. Seine trägen, ambitionslosen Kameraden gingen an einem gewöhnlichen Mittwochabend ein Bier trinken. Sah er nicht, wie sehr uns das gefährdete, daß es gleichbedeutend war mit sich verkaufen, sich aufgeben, sich allem Zerstörerischen ausliefern? Ivar sagte, wir könnten das Fahrrad auf dem Rückweg holen, ich schloß es an. Ich ging hinter seinem breiten Rücken, er hielt meine Hand, und ich mußte hinter ihm gehen, weil der Gehweg so schmal war. Daß du so etwas mitmachst, Johanne, dachte ich, du bist ein richtiges Schaf, ein rosa Schwein an der Leine. In der dunklen Kneipe war dichter Zigarettenqualm, ich war noch nie dort gewesen, es war schmutzig und vergammelt. Ich wollte sofort wieder gehen, aber ich setzte mich und trank eine Tasse Tee, Ivars Füße unter dem Tisch zwischen meinen, seine Wärme hielt mich fest. Nach einer halben Stunde stand ich auf und sagte, ich müsse gehen, ich hätte Kopfschmerzen. Ivar stand ebenfalls auf, nahm Geld aus dem Portemonnaie und legte es auf den Tisch, für sein Bier und meinen Tee. Die Jungs von der Band lächelten, einer sagte leise etwas, was ich nicht verstand, sie lachten. Ivar lächelte zurück, ich nahm an, daß es etwas Schlüpfriges war. Mein Mädchen, flüsterte Ivar mir ins Haar, als wir zum Ausgang gingen, mit einer Hand hielt er die Tür für mich auf, mit der anderen hielt er mich um die Taille gefaßt. Ich dachte, du würdest dableiben, sagte ich, als wir draußen waren, das wäre ja auch in Ordnung gewesen, ich besitze dich nicht. Weiter oben polterte eine Straßenbahn vorbei, und es war kalt, die Luft war feucht, Ivar sagte etwas, ich hörte es nicht. Was sagst du, fragte ich. Er blieb stehen und drehte sich um, er nahm mein Gesicht in beide Hände, legte seine Stirn an meine. Spinnst du denn, Johanne, hast du völlig den Verstand verloren, dich so gehen zu lassen, fragte er. Wir sahen uns an, seine Augen waren so nahe, daß sie zu einem einzigen verschmolzen. Ich will doch nur da sein, wo du bist.

Und wo bist du jetzt, Ivar? Ich stehe am Fenster und schaue hinaus. Irgendwo da oben am Himmel? Warum kann nicht jemand auf mich aufpassen? Als ob du die Verantwortung für dein Leben anderen überlassen könntest, Johanne. Liebe selbst. Ja ja. Ich kann mich jetzt nicht setzen. In einen Sessel sinken, eine passive Haltung einnehmen, ich, die ich bald aus diesem Raum gesprengt und geschossen werde, gleich einem eiskalten, kleinen Stein, wie man ihn tausendfach an einem Strand findet und den man hochhebt und in der Hand wiegt und reibt, bevor man ihn wieder zu den anderen fallen läßt. Ich trete gegen die Tür, aber das tut weh, ich sollte den Stuhl dagegen werfen, sie aufschlagen, ein Loch hineinbohren. Warum tue ich es nicht? Denke ich an den Schaden, die Kosten? Ich habe etwas über achtzig Kronen im Geldbeutel. Das reicht nicht weit. Sechsundzwanzigtausenddreihundertneunzehn Kronen auf dem Konto für die Wohnung. Lächerlich. Nichts, Johanne, das ist nichts. Du stehst ganz still, du kommst nicht vom Fleck, nichts gelingt dir.

Am nächsten Abend legte ich die Farbkarte auf den Tisch, bevor ich zu Ivar ging. Mama war noch nicht nach Hause gekommen. Wir hatten einmal morgens darüber gesprochen, vielleicht war es am Tag danach, Mama war nicht ganz zufrieden mit den Farbtönen. Uff, jetzt nerve ich dich aber, sagte sie und sah mich an. Ich lächelte zurück, goß den Kaffee in die Thermoskanne, riß mir Butterbrotpapier ab. Das geht schon, Mama, solche praktischen Dinge machen einfach nur Spaß. Am Samstag darauf mischte ich aus dem Aquarellkasten einen Gelbton. Wir einigten uns darauf, er war kräftig und warm, ich legte den Zettel mit der Farbe in ihren Geldbeutel, wir vereinbarten, daß sie die Farbe in der Pause von der Arbeit aus bestellen sollte, um sie anliefern zu lassen.

Ich will Ivar und mich vor mir sehen, ich will daran denken, wie wir uns lieben, wie wir eng umschlungen daliegen, unsere Körper, ich will, daß der Gedanke schön ist, denn es war einfach schön, wir verdienen es. Wir liegen auf der Matratze in Ivars Zimmer, es ist die letzte Nacht, das heißt gestern abend. Seine Hände, als er mich berührte, oh, wie mir deine Hände fehlen, Ivar. Ich liebe dein Geschlecht, die strammen, weichen Hoden. Er wollte mich von hinten nehmen, ich auf allen vieren, und es war so schön, wir haben gelacht, es war wunderschön. Hinterher schloß ich die Augen, lag auf dem Rücken und hörte Ivars Atem, und dann sah ich den schmächtigen Mann. Er stand in der Tür, er hatte sich ausgezogen, das Mädchen lag auf dem Bett, ganz steif. Ich versuchte, mich zu entziehen, aber das Bild drängte sich auf. Wenn du das eine willst, Johanne, dann sollst du auch das andere haben. Seine langen Haare bis auf die Schultern, er drehte sich langsam um. Ich sah, daß es kein Mann war, es war eine Frau. Die Hüftknochen, der schlaffe Bauch, die flachen Brüste. Sie ging zu dem Mädchen, ich konnte zwischen den gekräuselten Haaren die großen Schamlippen sehen, das Mädchen wollte sich umdrehen, es wollte weg vom Bett, konnte sich aber nicht bewegen. Die Frau war bei ihr, nahm die Hand des Mädchens und rieb damit ihr Geschlecht, zwischen den feuchten Lippen. Das Mädchen lag auf dem Bett, das Kreuzbein auf der Matratze, der Geruch von Ausfluß, Schleim, die Frau zwang es, eine der Brüste in den Mund zu nehmen, die großen Augen des Mädchens. Dann setzte sie ein Knie auf das Bett und schwang sich darauf, kniete über dem Mädchen, drückte ihr Geschlecht gegen sein Gesicht und rieb es dagegen. Ihre Stimme, die sagte: Leck mich.

Ich singe, als könnte ein Lied die Gedanken vertreiben. Es hört nicht auf. Ich bete zu Gott, daß er mir Kraft gibt, einen stärkeren Glauben, Demut. Dieser Nebel im Kopf, die Mattheit, Kraftlosigkeit, die ganzen Bilder, die ununterbrochen kommen. Ich betrachte meine Füße, ich frage mich, ob ich das bin, was das denn eigentlich ist: ich, wo ich anfange, wo ich aufhöre, die Hände, gehören sie zu mir? Die Wörter? Die Gedanken? Meine Stimme ist weit weg, sie kommt von einem anderen Ort auf mich zu und lacht, spricht ganz oberflächlich. Der Regen, ich betrachte den Regen, der gerade jetzt vor dem Fenster fällt, das unregelmäßige Muster der Regentropfen auf der Scheibe und das kräftige, dichte Grau am Himmel, das ein phantastisches, dunkles Licht schafft. Das Licht läßt mich wieder an Gott denken. Siehst du, Johanne, es ist wie ein Kreis, alles hängt zusammen, ein einheitliches Bild, alles endet bei Gott. Dann brauche ich also keine Angst zu haben? Ich bin nicht allein? Nein, du bist nicht allein, Johanne, niemals allein. Jetzt kommt es wieder, es kommt immer, wenn ich gerade glücklich bin oder getröstet werde, wenn jemand gut zu mir ist, dann laufen die Tränen. Ich schaue zum Fenster, der Regen läuft still und gleichmäßig herab, genau wie die Tränen auf meinem Gesicht. Vielleicht ist Gott in dem Wasser, denke ich, in den Regentropfen, und ich gehe zum Fenster und lege die Hände an die kalte Scheibe, um ihm so nahe wie möglich zu sein, um ganz dicht dran zu sein, ohne mich aufzudrängen.

Karin hatte auf dem Anrufbeantworter mehrere Nachrichten hinterlassen. Wo bist du, Johanne? Ich spüre, daß ich dich verliere. Ich hörte ihre Stimme auf dem Band, aber sie schien ganz weit weg, ich wußte nicht, was ich sagen sollte. Dann kam sie eines Tages vor zehn in den Lesesaal, sie weiß, daß ich immer dort sitze, daß es meine beste Arbeitszeit ist. Johanne, sagte sie, beugte sich zu mir herunter, umarmte mich mit einem Schwall kalter Herbstluft. Ich freute mich, sie zu sehen, bekam ein schlechtes Gewissen, strich ihr über die weichen Haarstoppeln. Hast du fünf Minuten Zeit? Nein, sagte ich lächelnd und stand auf, ich folgte ihr hinaus auf den Treppenabsatz. Ich wollte nicht in die Kantine, das würde viel zu lange dauern, außerdem würde ich mir dann etwas kaufen müssen, Geld ausgeben, und vielleicht würde Ivar mich sehen und kommen, das wäre zuviel auf einmal. Was ist los, fragte Karin, warum höre ich nichts von dir? Warum reagierst du nicht auf meine Anrufe? Ich hab dich gern, ich mache mir Sorgen um dich, ich will wissen, was los ist. Ich fliege in die USA, sagte ich und lächelte, ich denke, daß ich wahnsinnig glücklich ausgesehen haben muß, dumm lächelnd. Karin sah mich nur an, ernst. Johanne, sagte sie. Überleg dir das noch mal. Ist es dieser Junge aus der Kantine? Ivar, sagte ich. Er ist ein Mann. Ja sicher, sagte Karin. Aber seit wann kennst du ihn? Schon immer, sagte ich. So fühlt es sich an. Es ist ganz unglaublich phantastisch. Stell dir vor, jemand hat mich lieb! Ja, aber, Johanne, sagte Karin, jetzt tust du mir weh, ich hab dich doch auch gern, das weißt du doch, und Unni, hast du an Unni gedacht, deine liebe Mutter, und das, was ihr aneinander habt, Johanne? Und was ist mit Gott, hast du zu ihm gebetet, hast du darum gebetet, daß er dich führt? Sie strich mir über die Haare, strich einige Strähnen weg, die mir über die Wange hingen. Johanne, bist du sicher, daß Gott das will? Es sind doch nur sechs Wochen in Pennsylvania, sagte ich. Wie stolz ich war, überlege ich, daß ich es ganz leichthin sagen konnte, endlich jung und impulsiv sein. Karin schüttelte den Kopf. Ich spüre, wie ich dich verliere, Johanne, sagte sie. Sie hatte Tränen in den Augen, sie sah weg, die Treppe hinunter, aber da kam jemand, deshalb blickte sie zur Decke, blieb eine Weile so stehen und blinzelte, ihre Mundwinkel zuckten, es war ganz still, bevor sie mich wieder ansah. Tränen rannen ihr aus den Augen. Es scheint so, als ob du dich immer mehr entfernst, sagte sie, von mir, von dem, was wir zusammen haben. Mit dem Ärmel ihres grünen Wollpullovers, den sie so gern mag, wischte sie die Tränen weg. Johanne, sagte sie, du warst am Freitag nicht in der Studentengemeinde, du warst am Sonntag nicht in der Schloßkapelle. Es ist schrecklich, das zu sagen, aber es sieht für mich so aus, als wärst du im Begriff, dich von Gott zu entfernen. Ich hatte nichts zu sagen. Ich fand keine Öffnung, keine Stelle, an der ich anfangen konnte, als würde sie alles aus einem geschlossenen Kreis heraus sehen, in dem es keine Stelle gab, durch die ich hineinschlüpfen konnte. Und mein Kreis sah ganz anders aus. Ich hatte in letzter Zeit nicht so viel über Gott nachgedacht, das stimmte, aber ich war so glücklich, und ich dankte ihm in meinem Glück, sooft ich an ihn dachte. Irgendwo steht, daß es wichtig ist, auch mit unserem Glück zum Herrn zu kommen, das versuchte ich wirklich. Ich wußte nur nicht, wie ich mit Karin reden sollte, ich spürte, wie sich kalte Schweißtropfen in meinen Achseln lösten und herunterliefen. Willst du nichts dazu sagen, fragte Karin. Ich sah sie nur an, es schien, als wartete ich auf eine Lösung. Ich schüttelte den Kopf. Ich konnte nicht einmal nein sagen, ich hatte ja viel zu sagen, es war nur so schwer. Wir schwiegen eine Weile und sahen uns an. Ich mußte mich zusammennehmen, damit ich nicht anfing zu lachen, es gelingt mir nicht, solche Auftritte ernst zu nehmen, sie sind mir zu feierlich. Karin ging langsam die Treppe hinunter, auf halbem Wege drehte sie sich um, und einen Moment lang hatte ich Angst, daß sie wieder hochgelaufen käme, um mich zu schlagen oder mich in den Arm zu nehmen, aber sie wendete sich wieder ab und verschwand. In meinem Kopf ging alles durcheinander, ich überlegte, ob ich nach unten gehen und Ivar erzählen sollte, was vorgefallen war, aber ich beschloß, lieber eine Runde um das Gebäude zu drehen, frische Luft zu schnappen, vielleicht nahm mir das ein wenig den Druck. Ich ging die Treppe hinunter, die Karin auch gegangen war, drückte die Tür auf und ging hinaus. Das stimmt nicht, dachte ich. Karin weiß nicht, wie das ist, wie die Dinge zusammenhängen. Ich dachte, ich müßte traurig darüber sein, eine Freundin verloren zu haben, aber ich spürte nur Erleichterung, ich fühlte mich frei. Das stimmt nicht, was sie über Gott gesagt hat, dachte ich. Ich betrachtete die Herbstblätter der Bäume auf dem Kies und dem Rasen und die dunklen feuchten Baumstämme, die dünnen, schmächtigen Zweige. Immer noch hängen einige Blätter daran, dachte ich, wir halten durch, wir klammern uns fest. Wir sind nicht allein. Ich empfand eine Art schmerzhafte Freude, trotz allem, trotz der Konfrontation mit Karin, es war, als hätte sie zu einer Klärung geführt und meine Beziehung zu Gott gefestigt.

Ivar ließ es offen. Er begriff nicht, was mit mir los war, sagte er, er verstand es nicht ganz, aber er wollte mich nicht drängen. Er würde erst mal sechs Wochen bleiben, das wäre ja nicht die Welt, und in drei Wochen wären meine Vorlesungen sowieso vorbei. Er wollte, daß ich sie ausfallen ließ. Er wollte, daß ich meine Bücher mitnahm, er wollte das Flugticket bezahlen, vor Ort würden wir dann in einem Haus auf dem Land wohnen, das Freunden von ihm gehörte, einem alten Haus mit Plumpsklo im Freien. Aber es war dort zu der Jahreszeit etwas wärmer als hier, sagte er, er war schon einmal dort gewesen, es gab eine Dusche an der einen Seite des Hauses, man duschte draußen, und eine Veranda lief über die ganze Vorderseite, wo man abends sitzen und lesen konnte, und vielleicht hörten wir noch Grillen, und wir konnten die Lichter der Autos auf der nicht weit entfernten Landstraße sehen, reden, Mundharmonika und Gitarre spielen und Radio hören. Ich sah uns vor mir, zusammengeschossen von einer Bande Jugendlicher auf der Flucht. Zuerst hatten sie mich vergewaltigt, und Ivar hatte zugesehen. Dann hatten sie ihm alles abgeschnitten, was vom Kopf absteht, die Ohren, die Nasenspitze, die Lider, die Lippen. Blut über Blut. Und ich hatte zugesehen. Und vielleicht haben sie mich hinterher am Leben gelassen, so daß wir beide überlebten, Ivar verstümmelt, ich mißhandelt, verletzt. In einem Provinznest in der Nähe von Pittsburgh, ohne Auto und mit gekapptem Telefon. Ich dachte an Mama, die hier allein zurückbleiben würde, und daran, daß ich nicht mehr zurückkommen könnte, wenn ich wegging. Sie würde glauben, ich hätte sie nicht mehr lieb. Ich hatte keine Ahnung, wie ich abreisen und sie gleichzeitig davon überzeugen konnte, daß ich sie lieb hatte. Ich wünschte mir, Ivar hätte mich nie gefragt und unsere Beziehung hätte sich langsam entwickeln können, wir hätten die Dinge in ihrem eigenen Tempo geschehen lassen können und sie nicht forcieren müssen. Ich könnte bei Mama wohnen bleiben, bis ich mit dem Studium fertig war, und ab und zu bei Ivar schlafen, später könnte er mit mir zusammen in unserem Haus wohnen, wir könnten einen Hund halten und in Urlaub fahren.

Ja aber, Johanne, sagte er, es war Dienstagnachmittag, wir saßen im Pub an der Uni und tranken Bier, Ivar hatte bezahlt, eigentlich mochte ich Bier nicht sonderlich, aber Ivar meinte, an den Geschmack müsse man sich gewöhnen. Ja, sagte ich. Ich lächelte, ich mußte immer lächeln, wie er mich ansah, wenn er mit mir redete, ich wollte mit ihm schlafen, ich wollte, daß wir zur Toilette gingen und sofort miteinander schliefen, ich wollte ihn in mir spüren, ich konnte nicht verstehen, daß ich mit etwas derart Herrlichem so lange gewartet hatte, jetzt wollte ich es jedes Mal. Aber ich war auch müde, es wurde abends immer spät, und ich stand zur üblichen Zeit auf, und mein Rükken war steif. Ja, sagte ich noch einmal. Er strich die Haare von meinen Lippen, sie hängten sich überall fest, er beugte sich über den Tisch und küßte mich. Noch zwei Tage, sagte er. Komm heute nacht zu mir, willst du das tun? Ja, sagte ich, gerne. Er lächelte sein phantastisches Lächeln. Aber ich kann nicht. Ich sah, wie traurig er wurde. Selbst verstand ich, was ich sagte, aber es wirkte ganz seltsam, wenn ich anfing, es zu erklären. Von innen war es einleuchtend, von außen war es nichts. Schwach, nicht da. Weil ich meinen Plan einhalten muß, sagte ich. Ich darf nicht plötzlich etwas anderes machen, darf nicht plötzlich auswärts schlafen, für mein Examen ist es wichtig, daß ich ein regelmäßiges Leben führe, sagte ich, aber im Sommer kann ich die ganze Zeit über bei dir schlafen. Johanne, sagte er mit seiner dunklen Stimme. Mein ganzer Körper sagte ja. Ich habe bei der SAS angerufen, sagte er. Es sind noch viele Plätze frei. Jetzt reden wir nicht mehr darüber. Ich will dir nur sagen, daß das Flugzeug am Donnerstag um zehn Uhr vierzig geht. Er sprach langsam, damit ich mir einprägen konnte, was er sagte. Um 8.54 Uhr nehme ich am Nationaltheater den Zug zum Flughafen. Ich warte an der Kaffeetheke neben der großen grauen Skulptur, geradeaus durch, wenn du nach oben in die Abflughalle kommst. Ich warte dort bis zum letzten Aufruf. Es ist ein offenes Angebot, sagte er und sah mich an. Dann sagte er leise: Alles in mir will, daß du kommst. Er legte den Kopf schief und lächelte, als ob alles gutgehen und überhaupt nicht schwierig werden würde, nur schön und spannend. Alles in mir. Wie konnte er das so leicht sagen? Warum war er nur so unvernünftig? Wir hatten es doch wunderschön zu Hause. Amerika war nur eine fixe Idee. Und drei Wochen Semester ließ man nicht einfach sausen. Nicht, wenn man anschließend ein Staatsexamensstudium anstrebte. Es war, als würde der Körper in Stücke gerissen, der Rücken auseinandergeschossen. Ich stand auf und sagte, ich müsse zum Klo. Überall waren Studentinnen, hübsche Mädchen, konnte er denn nicht einfach eine andere mitnehmen und mich in Ruhe lassen? Johanne, jetzt aber. Ich ging zur Toilette und setzte mich hin. Alles lief heraus. So war es in den letzten Tagen schon gewesen. Ich betrachtete mich im Spiegel, als ich mir die Hände wusch. Das Wasser in den Augen hinter der Brille. Ich wollte meinen Körper der Länge nach teilen, Mama den einen Teil geben und Ivar den anderen, dann hätten beide ihren Teil, und ich konnte den Rücken als kleines Floß behalten, auf dem ich mich zusammenkauern und mich dahintreiben lassen könnte.

Als ich gestern abend spät nach Hause kam, stand die Farbe im Flur. Die Farbe und eine Rolle und eins dieser blauen Gitter, auf dem man die Farbe abstreift, Spiritus und ein kleiner Pinsel. Ich hatte es ganz vergessen, Mama hatte die Farbe vor ein paar Tagen schon kaufen wollen. Vor der Abreise würde ich es nicht mehr schaffen zu streichen. Das mußte warten. Ich wollte auch nicht an meine Rückkehr denken. Das mußte einfach warten, ich versuchte, den Gedanken wegzuschieben. Es wird schon gutgehen, Johanne, es wird schon gutgehen, sagte ich mir. Ich holte die schwarze Reisetasche oben aus dem Schrank und fing an zu packen. Ivar hatte mich nach Hause begleitet. Wir waren lange unterwegs gewesen, hatten kleine Straßen genommen, Umwege gemacht, angehalten und Ausblicke genossen, verwinkelte Ecken und Schilder, hatten uns geküßt, waren lange unter einem merkwürdigen Baum stehengeblieben, wir hatten einen alten Tisch gesehen, der draußen in einem zugewucherten Garten stand. Wir hatten geredet und gelacht. Wir hatten uns so viel zu erzählen. Wenn wir uns anfangs trafen, hatte ich mir immer überlegt, was ich sagen wollte, ich hatte versucht, etwas vorzubereiten, worüber wir reden konnten, Ideen zu haben, die ihm gefielen. Gestern abend redeten wir einfach.

Zusammen mit Ivar fielen mir ganz neue Dinge ein, Gedanken, von denen ich nicht wußte, daß ich sie hatte. Als liefe man zusammen durch eine bekannte Straße, die sich plötzlich öffnete und leuchtete und lockte und wunderschön war. Wir fanden kein Ende. Ich wollte Ivar nicht gehen lassen, aber dann mußte ich mich zwingen, ich mußte nach Hause und packen. Ich hatte mich entschieden, aber ich sagte es ihm nicht, ich freute mich so darauf, zum Zug zu kommen und ihn glücklich zu machen, er würde mich hochheben, und wir würden uns drehen und drehen. Ja, als wir da zusammen spazierengingen, wurde mir plötzlich alles klar. Ich wußte ganz genau, daß ich ihn begleiten würde, ich konnte Ivar nicht ziehen lassen. Er durfte nicht ohne mich wegfahren. Die Tasche, die Kleidung, die Wände, der Fußboden, alles hatte scharfe, klare Kanten, meine Bewegungen waren präzise, dies war wirklich. Ich wollte schnell packen und fertig werden, als wäre irgendwo eine Uhr versteckt, die auf etwas Schreckliches hin tickte, nur wenn ich mit Packen fertig werden würde, würde alles gutgehen. Ich nahm mir vor, lange zu beten, wenn ich mich schlafen legte, ich mußte noch daran denken, die Bibel einzupacken. Ich wollte mich beeilen, aber es ging so langsam, vielleicht wußte der Körper, daß aus allem nichts würde, es schien, als würde er nur trainieren. Aber ich packte, das war beschlossene Sache, ich wollte es so sehr, es war, als könnte der Wille alles entscheiden und ganz allein gewinnen.

Johanne, rief Mama von ihrem Bett aus. Ich war sicher gewesen, daß sie tief schlief, ich hatte mich bemüht, ganz leise zu sein. Ja, Mama, rief ich zurück. Was ist? Sie antwortete nicht. Sie kann einfach kommen und es sehen. Sie kann einfach kommen und sehen, daß ich packe, dachte ich. Ich nahm den dicken, braunen Pullover, den ich vor vielen Jahren gestrickt und ganz vergessen hatte, hinten aus dem Schrank, er ist so warm und weich, ich wollte ihn mitnehmen, damit ich ihn hatte, wenn wir abends draußen saßen. Ich würde ihn über die Knie legen und Ivars tiefer Stimme lauschen, wenn er verschiedene Phrasierungen einer neuen Melodie ausprobierte. Oh, wir würden träumen und Pläne schmieden. Unsere Hände würden zusammen runzlig werden, alt und weich und faltig und glücklich. Johanne, sagte Mama. Sie hatte den Morgenmantel übergezogen, in der einen Hand hielt sie eine Zigarette. Was machst du da, fragte sie. Ich packe, sagte ich. Was, fragte sie. Ich packe, sagte ich, ich fahr doch morgen früh. Ich konnte ihr nicht in die Augen sehen, ich ging die Dinge durch, die ich in die Tasche gepackt hatte, aber ich war unkonzentriert, ich merkte, wie Mama die Zigarette anzündete und Rauch ausstieß, sie machte tiefe Lungenzüge. Ich hatte nicht geglaubt, daß daraus etwas würde, sagte sie. Du hast nicht mehr davon erzählt. Nein, sagte ich. Sie hatte recht. Ich weiß nicht, warum ich nichts mehr davon erzählt hatte. Ich hatte die ganze Zeit über daran gedacht, ein ständiges Nagen in meinem Kopf gefühlt, ob ich fahren sollte, ob ich fahren konnte, ob ich es verantworten konnte. Ich will ehrlich zu dir sein, sagte sie, ich will aufrichtig sein. Ja, sagte ich. Ich fühle mich betrogen, sagte sie. Ich konnte nichts sagen. Ich dachte, wir hätten ausgemacht, daß du hier streichst? Ja, sagte ich. Und du treibst dich herum und schleichst dich herein und packst mitten in der Nacht, um wegzufahren und einfach alles im

Stich zu lassen? Ja, sagte ich. Es wurde still. Wenn sie die Farbe früher gekauft hätte, hätte ich es noch geschafft zu malen, ich hatte nach der Farbe gefragt, aber ich hatte sie nicht drängen wollen, sie hatte nicht glücklich ausgesehen. Aber es stimmte, daß ich ihr versprochen hatte zu streichen. Es stimmte, daß ich nicht Wort hielt. Es stimmte, daß ich nichts erzählt hatte. Mama ging ins Wohnzimmer und setzte sich in einen Sessel, ganz vorne auf die Kante. Sie drückte die Zigarette in den Aschenbecher, ich hörte, wie der Stummel unter ihren Fingern zerquetscht wurde. Ich fing an zu weinen. Es tut mir so leid, Mama, sagte ich. Es tut mir so leid, daß ich nicht mit dir gesprochen habe, ich hätte mit dir reden und dich darauf vorbereiten sollen, ich weiß, daß das falsch von mir war. O Mama, es tut mir so leid. Es tut mir so leid, Mama, sei nicht böse auf mich. Mama kam zur Tür, stellte sich auf die Schwelle, sie hielt sich mit beiden Händen am Türstock fest, die Ärmel des Morgenmantels sahen aus wie Engelsflügel. Wie soll sich jemand auf dich verlassen können, Johanne, wenn du deine Umgebung nicht darüber informierst, was geschieht? Damit kann kein Mensch umgehen, du weißt doch, welche Erfahrungen ich mit Unberechenbarkeit gemacht habe, sagte sie. So geht es nicht, Johanne, du bist ein erwachsener Mensch. Meinte sie, daß ich auch so war, daß ich unbeherrscht war, daß ich keine Hemmungen hatte? Daß ich auf anderen herumtrampelte? Daß ich eine Psychopathin sei? Soziale Persönlichkeitsstörung, wie es jetzt heißt. Menschen, die keine Empathie haben, es nicht schaffen, sich in andere Menschen einzufühlen, es nicht schaffen, sich in die Lage eines anderen zu versetzen. Sie spüren den Schmerz des anderen nicht. In gewisser Weise stimmt das, es fällt mir schwer, nachzuvollziehen, wie schwer andere es haben, wie es sich eigentlich anfühlt, ich weiß, daß ich andere nicht gut trösten kann, ich kriege es nicht hin. Vielleicht bin ich so, dachte ich. Unvernünftig und gefühllos, ohne daß ich es merke. Es war falsch von mir, nicht mit ihr über die Reise zu sprechen. Aber ich hatte mit niemandem darüber gesprochen, nicht einmal mit Ivar, ich hatte geglaubt, daß nur ich es verstehen könnte, alle Argumente dafür und dagegen, und daß letztendlich ich es war, die die Entscheidung treffen mußte. Alles war meine Schuld. Vielleicht hätte sie mich verstanden, wenn ich darüber geredet hätte, vielleicht hätte sie mir sogar geholfen zu packen, hätte mir ein paar schöne Strümpfe gekauft, mir etwas Leckeres zugesteckt für Ivar und mich.

Mama schlüpfte hinter den Vorhang, ich hörte ihre Bettdecke, sie legte sich schlafen. Gleich danach hörte ich den Schalter der Leselampe, sie machte sie aus, der Lichtstreifen an der Wohnzimmerwand verschwand. Ich packte zu Ende, auch die Toilettenartikel, aber der Wille war weg, ich betrachtete meine kleinen Hände, die die zusammengefalteten Kleider festhielten, vielleicht war ich hungrig, der Blutzucker, ich setzte mich in die Küche und aß eine Apfelsine. Ich versuchte, nicht darüber nachzudenken, ob es half, etwas zu essen, ich hatte mich entschieden zu fahren, da gab es nichts mehr zu überlegen. Ich wusch mir die Hände und trocknete sie ab, legte die sauberen Sachen, die ich anziehen wollte, in einem Stapel auf die Tasche. Ich ging ins Bad und duschte, ich wusch die Haare, damit sie richtig lockig wurden, sie wurden so schön, wenn ich mich mit nassen Haaren schlafen legte. Ich putzte mir gründlich die Zähne, ich war überhaupt nicht müde, aber meine Arme fühlten sich schwer an. Ich stellte die rote Zahnbürste zurück zu Mamas gelber in das Glas. Ansonsten war mein Regal leer.

Ich höre einen Schlüssel im Schloß. Mama kommt nach Hause. Ich habe so lange auf dieses Geräusch gewartet, daß es jetzt zu plötzlich kommt, es erschreckt mich. Stell dir vor, sie ist es nicht. Vielleicht ist sie auch nicht allein, hat Ivar dabei, jetzt werden sie miteinander schlafen, und ich höre alles. Entspann dich, Johanne, sie ist allein, ich höre nur ihre Schritte, die dünnen, harten Sohlen auf dem Boden im Flur und dann im Wohnzimmer, klipp, klapp, klipp, klapp. Ich klopfe gegen die Tür, damit sie mich herausläßt. Mama, rufe ich, du mußt mir helfen. Mama! Hallo, Mama, beeil dich doch! Mama. Ich höre, wie sie die Straßenschuhe auszieht, sie sind sicher naß vom Regen, vielleicht zieht sie jetzt die abgewetzten Hausschuhe an, die sie im Haus trägt. Ich höre sie ins Bad gehen, die Tür knarrt, ich sehe sie vor mir, sie läßt die Hose herunter und setzt sich. Warum kommt sie nicht? Sie sitzt da drinnen und raucht! Das tut sie. Sie muß mich doch hören. Aber vielleicht hat sie den Walkman auf und hört nichts anderes als Musik. Ich rufe lauter.

Es klopft an der Tür. Ich weiß nicht, wie lange ich gewartet habe, seit sie nach Hause gekommen ist, fünf Minuten, vielleicht zehn. Ich sitze auf dem Stuhl am Schreibtisch und schaue hinaus. Ich hatte keine Schritte mehr gehört, vielleicht geht sie nur auf Socken. Johanne, sagt Mama durch die Tür. Ja, sage ich. Es wird kurze Zeit still, ich höre den Kühlschrank hinter ihr, er brummt. Es hat aufgehört zu regnen. Es dauert nicht mehr lange, dann ist der Nachmittag vorüber, wird es dunkel, wird es Abend, wird es Nacht, und dann beginnt wieder ein Tag. Ich höre, wie sie sich auf einen Stuhl setzt, er knarrt, sie setzt sich auf meinen Platz, direkt vor der Tür. Johanne, sagt sie noch einmal. Ich antworte nicht. Als du auf die Welt kamst und ich dich in den Armen hielt. Sie unterbricht sich. Ich sage nichts. Es ist kurze Zeit still. Du bist der klügste, beste Mensch, den ich kenne, sagt sie. Deshalb habe ich dir diesen Tag geschenkt, sagt sie. Diesen Tag, eine Art Ruhetag, zum Nachdenken. Ich weiß nicht, ob ich das Richtige getan habe, aber ich bete zu Gott, daß er mir vergibt, wenn ich etwas falsch gemacht habe. Sie wartet kurz ab. Jetzt ist es jedenfalls geschehen, sagt sie, und es ist nicht mehr zu ändern. Es wird wieder still. Ich höre sie mit der Winnertip-Box hantieren, ich höre, wie sie den Klebestreifen der Tabakpackung aufzieht, sie legt den Tabak zurecht, ich bleibe sitzen und warte, bis ich höre, wie sie die Klappe vor- und zurückschiebt, wie sie die Zigarette auf den Tisch klopft, das Geräusch des Feuerzeugs, als sie sie anzündet. Ich sehe hinaus auf den Wilden Wein, er ist dunkelrot. Mein Rücken ist jetzt weich, ganz weich und biegsam. Dann höre ich den Schlüssel in der Zimmertür, das Geräusch von Metall, das in meinem Kopf kratzt, als hätte ich das Schloß in mir, und dann ihr Gesicht, sie lächelt vorsichtig, streckt die Hand aus, in der sie keine Zigarette hält, bläst den Rauch aus, beugt sich zu mir herab und küßt meine Haare. Ich betrachte ihren Arm an meinem

Hals, das kleine Muttermal am Ellbogen, ihren dünnen blonden Haarflaum. Bist du böse auf mich, fragt sie. Sie sieht mich mit großen blauen Augen an, beugt sich zu mir herab, nimmt meine Haare weg, um mich richtig sehen zu können. Ihr Gesicht ist dicht über meinem, ich spüre ihren Atem an meiner Stirn, sehe, wie die Hautcreme auf ihrem Hals glänzt. Antworte mir ehrlich, sagt sie. Das Weiße in ihren Augen ist ganz gelb, eine Ader ist geplatzt, ich sehe ein dünnes Netz aus Blut, sehe, wie sich mein Auge darin spiegelt. Ich versuche, in mich hineinzuspüren, aber ich fühle nichts.